톨스토이 단편선 2

톨스토이 단편선 2

초판 1쇄 인쇄 | 2006. 1. 19
초판 19쇄 발행 | 2023. 4. 9

지은이 | L. N. 톨스토이
옮긴이 | 권희정 김은경
일러스트 | 이일선
펴낸이 | 박옥희
펴낸곳 | 도서출판 인디북

등록일자 | 2000. 6. 22
등록번호 | 제 10-1993호
주소 | 서울특별시 마포구 신수로 25-12 (현석동) 1층
전화 | 02)3273-6895
팩스 | 02)3273-6897
E-mail | indebook@hanmail.net

ISBN 978-89-5856-077-7   978-89-5856-075-3(세트)   04890

* 잘못 만들어진 책은 구입처나 본사에서 교환해 드립니다.

톨스토이 단편선 2

L.N. 톨스토이 지음
권희정 · 김은경 옮김 | 이일선 그림

인디북

차례

세 은사 | 7
뉘우친 죄인 | 23
아시리아의 왕 에사르하돈 | 31
노동, 죽음 그리고 병 | 47
세 가지 물음 | 55
악은 부추기지만 선은 견딘다 | 67
어린 소녀가 어른보다 현명하다 | 75

일리야스 | 83

부유한 사람들 간의 대화 | 97

빛이 있는 동안 빛 속을 걸어가라 | 109

신은 진실을 알지만 기다린다 | 223

카프카스의 포로 | 243

곰사냥 | 301

세 은자

볼가강 지역에 전해 내려오는 오래된 민화

너희는 기도할 때에 이방인들처럼 빈말을 되풀이하지 마라. 그들은 말을 많이 해야만 하느님께서 들어주시는 줄 안다. 그러니 그들을 본받지 마라. 너희의 아버지께서는 구하기도 전에 벌써 너희에게 필요한 것을 알고 계신다.

「마태복음」 제6장 7~8절

한 주교가 아르항겔스크에서 솔로베츠키 수도원으로 항해를 하고 있었다. 그가 탄 배에는 그곳의 성지를 방문하려는 순례자들도 여러 명 타고 있었다. 바람도 잔잔하고 날씨도 좋았기에 항해는 순조로웠다. 순례자들은 음식을 먹으며 갑판에 누워 있거나 함께 모여 앉아 담소를 나누었다. 주교도 갑판 쪽으로 나갔다. 그곳에서 왔다갔다하던 주교는 사람들이 뱃머리 근처에 서서 한 어부의 말에 귀를 기울이고 있는 광경을 보았다. 어부는 손가락으로 바다를 가리키며 무슨 말인가를 하고 있었다. 주교는 걸음을 멈추고 어부가 가리키는 방향을 쳐다보았다. 하지만 햇빛을 받아 반짝거리는 바다 외에는 아무것도 보이지 않았다. 그는 어부의 말을 들으려고 가까이 다가갔다. 그러나 어부는 주교를 보자 모자를 벗고 말을 멈추었다. 다른 사람들도 모자를 벗더니 고개를 숙여 인사했다.

"저한테 신경 쓰지 마십시오, 여러분. 이분이 무슨 말을 하는지 들으려고 온 것뿐입니다." 주교가 말했다.

"이 어부가 은사들에 대해 말해 주고 있었습니다." 모인 사람들 가운데 용감한 상인이 말했다.

"어떤 은사 말입니까?" 뱃전 쪽으로 가서 궤짝 위에 앉으며 주교가 물었다. "말씀해 주십시오. 듣고 싶군요. 손가락으로 가리킨 게 무엇입니까?"

"그러니까, 저쪽에 보이는 작은 섬입니다." 앞쪽 오른편에 있는 한 지점을 가리키며 어부가 말했다. "저곳은 은사들이 자신들의 영혼을 구제하기 위해 살고 있는 섬입니다."

"섬이 어디에 있다는 거지요? 전 아무것도 안 보이는데요." 주교가 말했다.

"제 손을 따라가면 저 멀리에 보입니다. 저기 작은 구름이 보이십니까? 그 구름 아래, 조금 왼쪽을 보시면 희미한 선이 보입니다. 그것이 바로 섬입니다."

주교는 자세히 살펴보았다. 하지만 바다에 익숙지 않은 그의 눈에는 햇빛을 받아 어룽대는 바닷물만 보였다.

"내 눈엔 안 보이는군요. 헌데 저 섬에 산다는 은사들은 누구입니까?" 주교가 물었다.

"성인(聖人)들이죠. 저도 그분들에 대한 얘기는 오랫동안 들어왔습니다만, 직접 본 것은 재작년이었습니다." 어부가 대답했다.

어부는 어느 날 고기를 잡으러 나갔다가 이슥한 밤이 되어 자신이 어디에 있는지도 모른 채 그 섬에 좌초되었던 때의 이야기를 했다. 그는 아침이 밝아 왔을 때 섬 여기저기를 헤매고 다녔다. 그러다가 한 오두막집을 발견했고 그 옆에 서 있는 노인을 만났다. 얼마 후 두 사람이 더 나타났다. 그들은 그에게 먹을 것을 주었고, 그의 물품을 말려 주었으며, 배를 고치는 일도 도와주었다.

"어떻게 생긴 분들이었습니까?" 주교가 물었다.

"한 분은 키가 작고 등이 굽었어요. 성직자복을 입었고 아주 늙은 사람이었죠. 백 살도 넘었을 겁니다. 어찌나 늙었는지 흰 턱수염이 푸르스름한 색마저 띠었어요. 하지만 항상 미소를 지었고 하늘의 천사처럼 밝은 얼굴이었어요. 또 한 분은 앞의 분보다 키가 큰데, 역시 아주 늙었어요. 너덜너덜한 소작농 옷을 입고 있더군요. 턱수염이 길었고 누르스름한 회색을 띠었어요. 힘은 어찌나 센지 제가 미처 도와주기도 전에 제 배를 마치 들통이라도 되는 양 뒤집어 놓았지 뭡니까. 친절하고 활기가 넘치는 분이기도 했어요. 마지막 한 분은 키가 큰데다, 눈처럼 흰 턱수염이 무릎까지 닿았고, 눈썹이 눈을 뒤덮었어요. 그분은 단호한 사람이었어요. 포대만 허리춤에 두르고 다닐 뿐 다른 옷은 걸치지 않았죠."

"그분들이 당신한테 말을 하던가요?" 주교가 물었다.

"모든 일을 대부분 아무 말 없이 했어요. 서로에게조차도 말을 거의 안 하더군요. 한 사람이 눈짓을 보내면 나머지 두 사람이 무슨 뜻인지 이해를 했어요. 키가 제일 큰 분에게 그곳에서 오래 살았는지 물었어요. 그러자 그분은 인상을 찌푸리며 화가 난 듯 무어라 중얼거렸지요. 그런데 최고 연장자가 그의 손을 잡고 웃어 보이자 잠잠해지더군요. 최고 연장자는 '용서하십시오.'라고만 말하고 제게 미소를 지어 보였어요."

어부가 말을 하는 동안 배가 섬 가까이 다가갔다.

"저기입니다. 똑바로 보신다면 이제 분명히 보일 겁니다." 상인이 손가락으로 가리키며 말했다.

주교는 그쪽을 쳐다보았다. 정말로 검은 선이 하나 보였는데 그것이 바로 섬이었다. 그것을 한참 바라보던 주교는 뱃머리를 나와 고물 쪽으로 가서 키잡이에게 물었다.

"저건 무슨 섬입니까?"

"이름이 없는 섬입니다. 이 바다에는 저런 섬이 많아요." 남자가 대답했다.

"은사들이 자신들의 영혼을 구제하려고 저 섬에 살고 있다는 게 사실입니까?" 주교가 물었다.

"그렇게 전해지고 있습니다만, 그게 사실인지는 모르겠습니다. 어부들은 직접 봤다고 말합니다만, 물론 지어낸 얘기일 수도 있겠죠."

"섬에 내려서 그분들을 보고 싶은데, 방법이 없을까요?" 주교가 말했다.

"큰 배는 섬 가까이 가지 못합니다. 하지만 작은 배를 타고 노를 저어 가시면 될 겁니다. 선장한테 말씀해 보시죠." 키잡이가 말했다.

그리하여 주교는 선장을 불러오게 했다.

"그 은사들을 만나고 싶습니다. 해변까지 데려다 줄 수 있습니까?"

선장은 그를 단념시키려고 애썼다.

"물론 그럴 수는 있지만, 그러면 우리가 시간을 많이 지체하게 됩니다. 이렇게 말씀드리긴 뭐하지만, 고생을 하면서까지 그 노인들을 만날 가치는 없습니다. 그들이 어리석은 노인네들이라는 얘기를 들었거든요. 아무것도 이해하지 못하고, 물고기처럼 말 한마디 못 하는 노인네들이라고 하더군요."

"그분들을 만나고 싶습니다. 선장님의 노고와 지체되는 시간에 대해서는 보상을 하겠어요. 그러니 작은 배 한 척을 내어주십시오."

선장은 어쩔 도리가 없어 선원들에게 명령을 내렸다. 선원들

이 돛을 조종하고 키잡이가 키를 조종하자 배의 방향이 섬 쪽으로 향했다. 주교는 뱃머리에 있는 자신을 위해 마련된 의자에 앉아 앞을 바라보았다. 승객들은 모두 뱃머리로 모여들어 섬을 응시했다. 식별력이 좋은 사람들은 얼마 지나지 않아 섬에 있는 바위를 보았고, 뒤이어 흙으로 지은 오두막집을 보았다. 마침내 한 남자가 은사들도 발견했다. 선장은 망원경을 가져와 들여다보고는 그것을 주교에게 건네주며 말했다.

"정말 맞군요. 해변에 남자 셋이 서 있어요. 저기, 큰 바위에서 조금 오른쪽에 있어요."

주교는 건네받은 망원경의 위치를 적절히 조절하며 들여다보았다. 그렇게 보니 과연 남자 세 명이 보였다. 키가 큰 남자, 그보다 작은 남자 그리고 아주 작고 등이 굽은 남자였다. 그들은 해변에 서서 서로 손을 잡고 있었다.

선장이 주교 쪽으로 몸을 돌렸다.

"주교님, 이 배는 더 이상 가까이 갈 수 없습니다. 해변까지 가고 싶으시다면 우리가 여기서 정박하는 동안 작은 배를 타고 다녀오십시오."

선원들이 닻줄을 풀고 닻을 내린 후에 돛을 감았다. 배가 갑자기 멈추면서 흔들렸다. 뒤이어 작은 배 한 척이 내려지자 노 젓는 사람들이 작은 배에 탔고, 주교도 사다리를 타고 내려가 자리를 잡았다. 노 젓는 사람들이 노를 젓자 배가 섬을 향해 빠르게 움직였다. 섬에 아주 가까이 다가가자 세 명의 노인이 보였다. 허리춤에 포대만 두른 키 큰 노인, 등이 굽고 낡은 성직자 복을 입은 아주 늙은 노인 그리고 중키에 작고 누추한 소작농 옷을 입은 노인이었다. 세 사람은 모두 손을 잡고 서 있었다.

노 젓는 사람들은 해안에 배를 대고 갈고리 장대로 걸었다. 주교는 배에서 내렸다.

노인들은 주교에게 고개를 숙여 인사했고, 주교가 자신들에게 축복의 기도를 해 주자 고개를 더 낮게 숙였다. 주교는 말을 시작했다.

"신성한 여러분들이 여기에 살면서 여러분의 영혼을 구제하고 다른 사람들을 위하여 주 그리스도께 기도한다고 들었습니다. 그리스도의 미천한 종인 저는 하느님의 은총으로 그분의 어린 양들을 보호하고 가르치도록 부름 받았습니다. 저는 하느님의 종들이신 여러분을 만나고 싶었고, 제 능력껏 여러분을 가르치고도 싶었습니다."

노인들은 미소를 머금고 서로를 쳐다볼 뿐 아무 말도 하지 않았다.

"제게 가르쳐 주십시오. 여러분의 영혼을 구제하기 위해 어떻게 하시는지, 그리고 이 섬에서 하느님을 어떻게 섬기시는지 말입니다."

중키의 은사가 한숨을 짓더니 최고 연장자의 얼굴을 쳐다보았다. 그러자 최고 연장자는 미소를 보이며 말했다.

"우리는 하느님을 섬기는 방법을 모릅니다. 그저 하느님의 종인 우리 자신을 섬기고 부양할 뿐입니다."

"그렇다면 하느님께 어떻게 기도를 합니까?"

주교가 물었다.

"이렇게 기도합니다. '당신께서도 삼위(三位)이시고 저희도 삼인(三人)이오니 저희에게 자비를 베푸소서.'라고 말입니다." 은사가 말했다.

늙은 은사가 이렇게 말하자 세 은사는 하늘을 쳐다보고 이렇게 말했다.

"당신께서도 삼위이시고 저희도 삼인이오니 저희에게 자비를 베푸소서!"

주교가 미소를 지었다.

"삼위일체에 대해 들어 보셨군요. 하지만 기도는 그렇게 하는 게 아닙니다. 저는 하느님을 공경하는 여러분이 마음에 듭니다. 여러분이 하느님을 기쁘게 해 드리고 싶어하는 마음은 알겠습니다. 그러나 여러분은 그분을 섬기는 방법을 알지 못하는군요. 기도는 그렇게 하는 게 아닙니다. 제가 알려 드릴 테니 잘 들어 보십시오. 저는 제 방식대로가 아니라 성서에서 하느님이 모든 사람에게 일러 주신 방법을 가르쳐 드릴 겁니다."

주교는 하느님께서 당신을 사람들에게 어떻게 증거하셨는지 설명하면서 성부, 성자, 성령에 대해 이야기했다.

"성자는 인간을 구원하려고 지상에 내려오셨고 기도하는 방법을 우리 모두에게 알려 주셨습니다. 제가 외는 말을 듣고 따라해 보십시오. 아버지시여!"

한 은사가 "아버지시여!"라고 따라하자, 그 옆의 은사가 "아버지시여!"라고 말했고 나머지 은사도 똑같이 말했다.

"하늘에 계신 아버지시여." 주교가 이어서 말했다.

"하늘에 계신 아버지시여." 왼쪽의 은사가 따라서 말했다. 그런데 가운데 은사는 말을 더듬거렸고, 키가 큰 은사는 제대로 따라하지 못했다. 그는 수염이 입술을 뒤덮어서 분명하게 말하지 못했다. 나이가 많은 가운데 은사는 이가 없어서 불명확하게 웅얼거리기만 했다.

주교가 다시 말하자 늙은 은사들은 그를 따라서 말했다. 주교가 바위에 앉았다. 은사들은 주교 옆에 서서 그의 입 모양을 보며 그가 하는 말을 따라했다. 주교는 하루 종일 같은 말을 스무 번, 서른 번, 백 번 이상 하면서 애를 썼고, 은사들은 그의 말을 따라서 했다. 주교는 그들이 실수를 하면 고쳐 주면서 처음부터 다시 말하게 했다.

주교는 은사들이 주기도문을 잘 따라하고 스스로도 잘 외울 수 있을 정도가 될 때까지 가르쳤다. 가운데 은사가 제일 먼저 익히고 외웠다. 주교는 그에게 주기도문을 반복해서 말하게 했고, 마침내 다른 은사들도 그것을 외우게 되었다.

　주위가 어두워지고 달이 수면 위로 떠오르자 주교는 배로 돌아가기 위해 일어섰다. 은사들은 주교가 작별 인사를 하자 머리가 땅에 닿을 정도로 몸을 굽혀 인사했다. 주교는 그들을 일으켜 세우고 각각 입을 맞춘 다음 자신이 가르친 대로 기도를 하라고 일러두었다. 그리고 작은 배에 올라타 큰 배 쪽으로 돌아갔다.

　주교가 작은 배에 타고 큰 배 쪽을 향해 가고 있는데 세 은사가 큰 소리로 주기도문을 외는 소리가 들려왔다. 큰 배에 가까이 다가가자 목소리는 더 이상 들리지 않았지만, 달빛 아래서 그들의 모습은 여전히 보였다. 주교가 떠나올 때 그대로 그들은 해변에 서 있었다. 키가 가장 작은 노인이 가운데, 가장 큰 노인이 오른쪽에 그리고 중키의 노인이 왼쪽에 있었다. 주교가 큰 배에 도착하여 올라타자 선원들이 닻을 올리고 돛을 폈다. 돛이 바람을 가득 받아 배가 앞으로 나갔다. 주교는 고물 쪽에 자리를 잡고 앉아 떠나온 섬을 물끄러미 쳐다보았다. 한동안 은사들이 보였지만 이내 시야에서 사라졌다. 하지만 섬은 여전히 보였다. 그러다가 마침내 섬도 시야에서 사라지고 달빛 아래 넘실거리는 바닷물만 눈에 들어왔다.

　순례자들은 잠을 청하려고 누웠고 갑판 위는 조용했다. 주교는 잠들고 싶지 않았다. 그저 고물 쪽에 홀로 앉아 섬이 더 이상 보이지 않는 바다를 바라보며 선한 노인들을 생각하고 싶었다.

그는 은사들이 주기도문을 배워서 얼마나 기뻐할지를 생각했다. 그래서 자신을 보내시어 그렇게 경건한 사람들을 가르치고 돕게 하신 하느님께 감사드렸다.

주교는 생각에 잠긴 채 시야에서 사라진 섬이 있던 자리를 바라보았다. 물결 위에 비친 달빛이 여기저기서 반짝이며 일렁거렸다. 그런데 달이 바다에 드리운 빛기둥에서 하얗고 반짝이는 무엇인가가 갑자기 보였다. 갈매기일까 아니면 희미한 빛을 발산하며 항해하는 작은 배일까? 궁금한 주교는 거기서 눈을 떼지 못했다.

'우리를 뒤따라오는 작은 배겠지. 헌데 따라잡는 속도가 엄청 빠르군. 일분 전만 해도 아주 멀리 있었는데 지금 이렇게 가까이 와 있다니. 그런데 돛이 없는 걸 보니 배는 아닌가 보네. 무언지 모르겠지만 우리를 쫓아오며 따라붙고 있군.' 그는 생각했다.

주교는 그것의 정체를 알 수 없었다. 배도 아니고, 새도 아니고, 물고기도 아니었다. 사람이라고 하기엔 너무 컸다. 더군다나 사람이 바다 한가운데 있을 리가 없지 않은가. 그는 자리에서 일어나 키잡이에게 말했다.

"이보게 저것 좀 보시오. 저게 무엇입니까?" 주교가 되묻는 사이 대상은 이제 명확하게 보이기 시작했다. 바로 세 은사가 바다 위를 달려오고 있는 거였다. 모두 어렴풋이 빛나 보였고 회색 턱수염이 반짝거렸다. 그들은 배가 멈춰 있기라도 한 듯 아주 빠르게 다가왔다.

그 형상을 본 키잡이는 두려움에 사로잡혀 키를 놓치고 말았다.

"세상에나! 은사들이 육지라도 되는 듯 바다 위에서 우리를 따라 달려오고 있어요!"

승객들이 그 소리를 듣고 뛰쳐나와 고물 쪽으로 몰려들었다. 은사들이 손을 잡고 따라오고, 양쪽의 두 은사가 배를 멈추라고 손짓하는 모습이 보였다. 세 은사는 발 하나 까딱하지 않고 물 위에서 미끄러지듯 움직이고 있었다. 배가 미처 멈추기도 전에 도착한 은사들은 머리를 쳐들고 한목소리로 말했다.

"신의 종이시여, 우리는 당신의 가르침을 잊어버렸습니다. 그것을 외는 동안은 기억했습니다. 하지만 잠시 외지 않는 동안 한 단어를 놓쳤고, 결국은 모든 내용을 잊어버렸습니다. 아무것도 기억이 나질 않아요. 다시 가르쳐 주십시오."

주교는 성호를 긋고 배 가장자리에서 아래를 내려다보며 말했다.

"하느님의 사람들이여, 여러분의 기도는 하느님께 닿을 것입니다. 여러분을 가르쳐야 할 사람은 제가 아닙니다. 우리 죄인들을 위해 기도해 주십시오."

주교는 은사들을 향해 머리를 깊이 숙였다. 그러자 은사들은 뒤돌아서 바다 위를 되돌아갔다. 은사들이 사라진 지점에서 동이 틀 때까지 한 줄기 빛이 빛났다.

1886년

뉘우친 죄인

'예수님, 예수님께서 왕이 되어 오실 때에 저를 꼭 기억하여 주십시오.' 하고 간청하였다. 예수께서는 '오늘 네가 정녕 나와 함께 낙원에 들어갈 것이다.' 하고 대답하셨다.

「누가복음」 제23장 42~43절

    지상에서 70년 동안 산 사람이 있었다. 그는 평생 죄에 빠져 살았다. 그러다가 결국 병이 들었으나 그때에도 죄를 뉘우치지 않았다. 그는 죽어 가는 마지막 순간에서야 비로소 눈물을 흘리며 말했다.

"주여! 주의 십자가로 도둑을 용서하셨듯이 저를 용서하소서."

이 말과 함께 그의 영혼이 그의 육체를 떠났다. 하느님에 대한 사랑을 느끼고, 그분의 자비를 믿은 이 죄인의 영혼은 천국의 문에 닿았다. 그리고 천국에 들어가기를 기도하며 문을 두드렸다.

그때 문 안쪽에서 어떤 목소리가 들렸다.

"천국의 문을 두드리는 자가 누구이며, 생전에 어떤 행동을 했던 사람인고?"

그러자 천국의 고발인은 그가 저지른 온갖 악행을 소상히 나열했다. 물론 선행은 한 가지도 없었다.

잠시 후 천국 안쪽에서 대답이 들려왔다.

"죄인은 천국에 들어오지 못하느니라. 어서 썩 물러가거라!"

그러자 죄인이 말했다.

"주여, 당신의 목소리는 들리나 얼굴은 보이지 않습니다. 당신의 존함도 모르겠사옵니다."

"나는 사도 베드로니라." 안쪽에서 들려왔다.

이에 죄인이 말했다.

"사도 베드로님, 저를 불쌍히 여기소서! 인간의 연약함과 하느님의 자비를 기억하여 주시옵소서. 당신은 그리스도의 제자가 아니십니까? 당신은 그분의 입술에서 나오는 가르침을 듣지 않으셨나요? 그리고 그분이 보이신 본보기를 지켜보지 않으셨나요? 기억해 보십시오. 예수께서 슬퍼하시고 마음 아파하시며 당신께 깨어서 기도하라고 세 번 요청하셨던 일을요. 하지만 당신은 무거운 눈꺼풀을 참지 못하고 잠드셨고, 그분은 당신이 잠든 모습을 세 번 목격하셨습니다. 저 역시 마찬가지입니다. 또 기억하시는지요. 당신은 목숨을 다하여 충성하겠다고 약속해 놓고 예수께서 가야바에게 끌려가셨을 때 그분을 세 번이나 부정하셨지요. 저도 마찬가지입니다. 그리고 수탉이 울자 당신이 밖으로 나와 비통하게 우셨던 일도 기억하시는지요. 저도 똑같습니다. 그러니 저를 천국에 못 들어가게 하실 수는 없는 겁니다."

문 안쪽에서 침묵이 흘렀다.

죄인은 잠시 일어서서 다시 문을 두드리며 천국 안으로 들어가게 해 달라고 간청했다.

그러자 문 안쪽에서 또 다른 목소리가 들렸다.

"이자가 누구이며, 생전에 어떻게 살았던 사람인고?"

이때 천국의 고발인이 그가 저지른 온갖 악행을 소상히 나열했다. 물론 선행은 한 가지도 없었다.

그러자 문 안쪽에서 이런 소리가 들렸다.

"썩 물러가거라! 그러한 죄인은 우리와 함께 천국에서 살지 못하느니라."

"주여, 당신의 목소리는 들리나 얼굴은 보이지 않습니다. 당신의 존함도 모르겠사옵니다." 죄인이 말했다.

다시 이런 소리가 들렸다.

"나는 왕이자 예언자인 다윗이노라."

단념하지 않은 죄인은 천국 문 앞을 떠나지 않은 채 말했다.

"다윗 왕이시여, 저를 불쌍히 여기소서! 인간의 나약함과 하느님의 자비를 기억하소서. 하느님은 당신을 사랑하셔서 사람

들 가운데 높이 세우셨습니다. 당신은 모든 걸 소유하셨습니다. 왕국과 명예, 부, 아내와 자식까지. 그러나 당신은 지붕에서 가난한 우리아의 아내를 보고 죄에 빠져 그의 아내를 취하시고, 암몬 자손의 칼로 그를 죽이셨습니다. 당신은 부유하면서도 가난한 자에게서 가장 소중한 것을 빼앗고 그를 죽이셨던 겁니다. 저도 그랬습니다. 그리고 당신이 '내 죄 내가 알고 있사오며, 내 잘못 항상 눈앞에 아른거립니다.'라며 회개하신 일을 기억하시는지요. 저도 그랬습니다. 그러니 저를 천국에 못 들어가게 하실 수는 없는 겁니다."

문 안쪽에서 침묵이 흘렀다.

죄인은 잠시 일어서서 다시 문을 두드리며 천국 안으로 들어가게 해 달라고 간청했다. 그러자 문 안쪽에서 또 다른 목소리가 들렸다.

"이자가 누구이며, 생전에 어떻게 살았던 사람인고?"

그러자 천국의 고발인이 그가 저지른 온갖 악행을 소상히 나열했고, 선행은 한 가지도 말하지 않았다.

문 안에서 이런 소리가 들렸다.

"어서 물러가거라! 죄인은 천국에 들어오지 못하느니라."

"당신의 목소리는 들리나 얼굴은 보이지 않습니다. 당신의 존함도 모르겠사옵니다." 죄인이 말했다.

그러자 이런 대답이 들렸다.

"나는 그리스도의 사랑을 받는 제자 사도 요한이노라."

이에 죄인은 기뻐하며 말했다.

"이제는 제가 들어갈 수 있게 되었군요. 베드로와 다윗은 저를 들여보내 주실 겁니다. 그분들은 인간의 약점과 하느님의 자비를 아시니까요. 그리고 당신도 저를 들여보내 주실 겁니다. 당신은 사랑이 많으신 분이니까요. 하느님은 사랑이시며, 사랑하지 않는 자는 하느님을 모른다고 쓰신 분이 당신, 세례 요한이 아닌가요? 그리고 노년에는 '형제들아 서로 사랑하라.'고 쓰지 않으셨던가요? 그런 분이 어떻게 저를 미워하며 몰아내실 수 있습니까? 당신이 하신 말을 부인하시든지 아니면 저를 사랑하시어 천국 안으로 들어가게 하소서."

이때 천국의 문이 열렸다. 사도 요한은 뉘우친 죄인을 감싸 안고 천국 안으로 데리고 들어갔다.

1886년

아시리아의 왕 에사르하돈

아시리아의 왕 에사르하돈은 라이리에 왕의 나라를 정복하였다. 그리하여 도시 곳곳을 파괴하고 불태웠으며 모든 시민을 자기 나라에 포로로 잡아갔다. 병사들을 학살하고 지휘관들을 참수했으며, 그밖에 많은 사람을 창으로 찌르거나 채찍질했고, 라이리에 왕을 포로수용소에 가두었다.

어느 날 밤 에사르하돈 왕은 침대에 누워 라이리에 왕을 어떻게 처형할지 궁리했다. 그때 갑자기 침대 옆에서 바스락거리는 소리가 들려 눈을 떠 보니 긴 잿빛 수염을 기르고 눈이 온화한 노인이 한 명 서 있었다.

"너는 라이리에를 처형하고 싶은가?" 노인이 물었다.

"그렇다. 하지만 그 방법을 아직 결정하지 못했다." 왕이 대답했다.

"네가 바로 라이리에다." 노인이 말했다.

"그럴 리가. 라이리에는 라이리에고 나는 나다."

"너와 라이리에는 같은 인간이다. 다만 네가 너는 라이리에가 아니고, 라이리에는 네가 아니라고 생각하는 것뿐이다."

"그게 무슨 말이냐? 나는 지금 여기 편안한 침대에 누워 있다. 나는 순종적인 남녀 노예들을 거느리고 있고, 내일이면 측근들과 오늘처럼 연회를 즐길 것이다. 그런데 라이리에는 수용소에서 새처럼 몸을 옹송그리고 앉아 있다. 그리고 내일이면 뾰족한 말뚝에 몸이 박힌 채 혀를 내밀고 발버둥치다 죽을 것이며, 많은 개가 달려들어 그의 몸을 갈가리 찢을 것이다."

"너는 그의 생명을 파괴하지 못한다." 노인이 말했다.

"내가 이래 봬도 병사 1만 4천 명을 죽이고, 그 시신들을 산더미처럼 쌓은 사람이다. 난 이렇게 살아 있고 그들은 더 이상 존재하지 않는다. 그래도 내가 생명을 없애지 못할 것처럼 보이느냐?"

"그들이 더 이상 존재하지 않는다는 것을 어떻게 아느냐?"

"그들을 더는 보지 못했기 때문이다. 무엇보다 그들은 고통을 당했고, 나는 그러지 않았다. 그들은 괴로웠겠지만 나에겐 만족스러운 일이었다."

"그 역시 그렇게 느껴지는 것뿐이다. 너는 그들이 아니라 너 자신을 괴롭힌 셈이다."

"도저히 이해를 못 하겠군." 왕이 말했다.

"이해하길 바라는가?"

"그렇다."

"그러면 이리로 오라." 노인은 물이 가득 찬, 큰 성수반을 가리키며 말했다.

왕은 일어나 성수반 쪽으로 갔다.

"옷을 벗고 성수반 안으로 들어가라."

왕은 노인이 말한 대로 했다.

노인은 물주전자에 물을 담으며 말했다. "이 물을 네게 붓는 순간 머리를 물속에 담가라."

노인이 물주전자를 왕의 머리에 기울이자 왕은 머리를 물속에 잠길 때까지 숙였다.

에사르하돈은 물속에 잠기는 순간 자신이 에사르하돈이 아닌 다른 사람처럼 느껴졌다. 그렇게 느낀 그는 자신이 아름다운 여자와 호화로운 침대에 누워 있는 모습을 보았다. 그는 그 여자를 한 번도 본 적이 없지만 그녀가 자신의 아내라는 사실은 알고 있었다. 여자는 침대에서 일어나더니 그에게 말했다.

"여보, 라이리에! 당신 평소보다 많이 자는 걸 보니 어제 일로 피곤했군요. 당신 편히 자라고 깨우지 않았어요. 그런데 지금 제후들이 큰 홀에서 당신을 기다려요. 어서 옷을 입고 나가 보세요."

이 말을 들은 에사르하돈은 자신이 라이리에라는 점을 이해했고, 이에 전혀 놀라지 않았으며, 전에 왜 이 사실을 몰랐는지 의아하기만 했다. 그는 일어나 옷을 갖춰 입고 제후들이 기다리는 큰 홀로 갔다.

　제후들은 그를 반갑게 맞이하며 엎드려 절했다. 그리고 다시 일어나 그가 지시한 대로 그의 앞에 가 앉았다. 제후들 가운데 한 노장은 사악한 에사르하돈 왕의 무례한 행동이 참을 수 없는 수위에 이르렀으니 그를 상대로 전쟁을 벌여야 한다고 말했다. 그러나 라이리에는 이에 동의하지 않고 에사르하돈 왕에게 사절단을 보내 항변하게 하라는 지시를 내리고 제후들을 물러가게 했다. 그런 다음 저명인사들을 사절단으로 지명하여 그들이 에사르하돈 왕에게 해야 할 말을 명심하게 했다. 이 일을 마친 에사르하돈은 자신을 라이리에라고 느끼며 말을 타고 야생나귀를 사냥하러 갔다. 사냥의 성과는 좋았다. 그는 야생나귀 두 마리를 죽이고 궁전으로 돌아가서 측근들과 연회를 즐기며 여자 노예들의 춤을 감상했다. 다음날에는 청원자, 기소인, 공판에 회부된 죄수가 기다리고 있는 궁정으로 나가 평소대로 사건을 처리했다. 이 일을 마친 후에는 다시 말을 타고 나가 그가 가장 좋아하는 사냥을 했다. 이번에도 성과가 좋아서 늙은 암사자 한 마리를 손수 죽이고, 새끼 사자 두 마리를 포획했다. 사냥을 하고 와서 측근들과 다시 연회를 벌여 음악과 춤을 즐겼고, 밤에는 사랑하는 아내와 함께 시간을 보냈다.

　그는 왕의 업무를 처리하기도 하고, 왕으로서 누리는 즐거움을 만끽하기도 하면서 시간을 보냈다. 그렇게 하루하루를 보내

던 그는 이전에 자기 자신이었던 에사르하돈에게 보낸 사절단이 돌아오기를 기다렸다. 사절단은 한달 만에 돌아왔는데 모두 코와 귀가 잘린 채로 왔다.

에사르하돈 왕은 사절단을 통해 라이리에 왕에게 다음과 같은 말을 통보해 왔다. 그러니까, 라이리에 왕이 금, 은, 사이프러스 목재를 공물로 보내고 에사르하돈 왕에게 직접 와서 경의를 표하지 않으면 사절단에게 가한 짓을 라이리에 왕에게도 가하겠다는 것이었다.

한때 에사르하돈이었던 라이리에는 다시 제후들을 소집하여 어떻게 해야 하는지 논의했다. 그들은 에사르하돈이 공격할 때까지 기다리지 말고 그를 상대로 전쟁을 벌이자는 데 한목소리를 냈다. 왕은 이에 동의했고, 군대의 맨 앞에 서서 출정했다. 진군은 7일 동안 계속되었다. 왕은 매일 말을 몰아 군대를 한 바퀴 돌며 병사들에게 용기를 북돋아 주었다. 8일째 되던 날 그의 군대는 강이 흐르는 널따란 골짜기에서 에사르하돈의 군대와 맞닥뜨렸다. 라이리에의 병사들은 용감하게 싸웠다. 그러나 산에 숨어 있던 적들이 개미 떼처럼 몰려들어 골짜기를 빼곡히 채우면서 그의 병사들을 제압했다. 이륜 전차를 타고 있던 라이리에는 전장 한복판으로 돌진하여 적들을 쓰러뜨렸다. 그러나 라이리에의 병사가 수백 명인데 반해 에사르하돈의 병사는 수천 명이었다. 라이리에는 자신이 부상을 입었다고 느꼈고 이내 포로로 잡혔다. 그는 다른 포로들과 함께 꽁꽁 묶인 채 에사르하돈 병사들의 감시를 받으며 9일 동안 이동했다. 10일째 되는 날 니네베에 도착하여 포로수용소에 갇혔다. 라이리에는 배고픔과 부상보다는 수치심과 무기력한 분노 때문에 괴로워했다. 그는 그렇게 괴로우면서도 적에게 복수하지 못하는 것에 심한 무력감을 느꼈다. 라이리에가 할 수 있는 일이란 자신이 괴로워하는 모습을 보며 적이 즐거워하는 것을 차단하는 일밖에 없었다. 그래서 그는 적이 어떤 짓을 가해도 불평 한마디 않고 용감하게 견뎌 내기로 결심했다. 그렇게 20일 동안 수용소에 앉아 처형을 기다렸다. 그는 인척과 측근이 사형장으로 끌려가는 것을 보았고, 처형당하는 사람들의 신음 소리를 들었다. 손발이 잘린 사람도 있고 채찍을 맞는 사람도 있었지만 그는 불안, 연민, 두려움 따위의 감정을 드러내지 않았다. 흑인 내시 두 명이 그의 아내를 끌고 가는 모습이 보였다. 그는 아내가 에사르하돈의 노예로 끌려간다는 사실을 알았다. 이때에도 말 한마디 없이 견뎌 내었다. 그런데 그를 감시하던 한 사람이 말했다. "불쌍하군, 라이리에. 한때는 왕이었으나 지금은 이게 무슨 꼴인가?" 라이리에는 이 말을 듣자 그가 잃어버린 모든 것이 떠올랐다. 그러자 자살을 하고 싶은 마음이 들어 수용소의 창살을 붙잡고 머리를 내리쳤다. 하지만 계속할 힘마저 없던 그는 절망감에 신음하며 바닥으로 쓰러졌다.

마침내 사형 집행인 두 명이 수용소 문을 열고 그의 팔을 등 뒤로 묶은 다음 그를 형장으로 끌고 갔다. 형장에는 피가 흥건했다. 라이리에는 날카로운 말뚝에서 피가 뚝뚝 떨어지는 것을 보았다. 바로 거기서 그의 측근들의 시체가 갈기갈기 찢겼다. 그는 자기도 그 말뚝에서 처형되리라는 사실을 알았다. 사형 집행인들은 그의 옷을 벗겼다. 그는 한때 건장하고 균형 잡혔던 자신의 몸이 너무 야윈 것을 보게 되자 깜짝 놀랐다. 집행인들은 그의 야윈 허벅다리를 붙잡아 그를 들어 올려 말뚝에 떨어뜨리려고 했다.

'이건 죽음이다, 살인이다!' 라이리에는 이런 생각이 들자 끝까지 용감하고 침착하게 굴자던 다짐을 잊고, 흐느끼면서 자비를 구했다. 그러나 그의 말에 아무도 귀 기울이지 않았다.

'이럴 순 없어. 난 잠을 자고 있는 게 분명해. 이건 꿈이야.' 그는 생각했다. 그리하여 깨어나려고 발버둥 치다가 결국 눈을 떴다. 그런데 깨고 보니 자신은 에사르하돈도 라이리에도 아닌 어떤 동물이었다. 그는 자신이 동물이라는 사실에, 그리고 이전에 그 사실을 몰랐다는 것에 많이 놀랐다.

그는 골짜기에서 풀을 뜯어 먹으며 긴 꼬리를 흔들어 파리들을 내쫓고 있었다. 주위를 보니 다리가 길고, 등에 줄무늬가 있으며, 암회색을 띤 새끼 당나귀가 뛰놀고 있었다. 새끼 당나귀는 전속력으로 그에게 달려와 작고 보드라운 입을 그의 배에 갖다 대고 젖꼭지를 찾았고, 이내 잠잠해지더니 규칙적으로 젖을 삼켰다. 에사르하돈은 자신이 어미 당나귀라는 것을 알았다. 그는 이 사실에 놀라지도, 슬프지도 않았고 오히려 뿌듯했다. 자신과 자신의 새끼가 함께 존재한다는 사실에 충족감을 느꼈다.

그런데 갑자기 무엇인가가 휙휙 소리를 내며 날아와 그의 옆구리를 찔렀고, 그것의 뾰족한 끝이 살을 파고들었다. 그 순간 당나귀였던 에사르하돈은 격심한 통증을 느끼며 새끼 당나귀의 이빨에서 젖통을 억지로 떼어 내고 그가 일탈해 나왔던 당나귀 무리 쪽으로 질주했다. 새끼 당나귀도 그를 놓치지 않고 옆에서 달렸다. 두 당나귀가 이미 달아나기 시작한 당나귀 무리 쪽에 도착했을 때 또 다른 화살이 매우 빠르게 날아와 새끼의 목에 꽂혔다. 화살은 살 속 깊이 꽂힌 채 흔들렸다. 새끼 당나귀는 애처롭게 울부짖다가 풀썩 쓰러졌다. 에사르하돈은 새끼 당나귀를 버릴 수가 없어 곁에서 서성였다. 새끼 당나귀는 가늘고 긴 다리로 비실거리며 일어났으나 다시 쓰러지고 말았다. 그때 다리가 두 개 달린 두려운 존재, 인간이 달려와 새끼 당나귀의 목을 베었다.

'이럴 순 없어, 이건 꿈이야.' 에사르하돈은 이런 생각을 하며 깨기 위해 사력을 다했다. '난 라이리에도 아니고 당나귀도 아니고 에사르하돈이라구!'

그는 소리를 지름과 동시에 성수반에서 고개를 쳐들었다. 노인이 옆에 서 있었고, 물주전자에서 마지막 방울을 그의 머리에 떨어뜨리고 있었다.

"오, 얼마나 끔찍한 고통이었는지! 얼마나 오랜 고통이었는지!" 에사르하돈이 말했다.

"오랫동안이었다고? 너는 물속에 머리를 잠시 담갔다가 들었을 뿐이다. 봐라, 주전자에서 물이 다 빠져나오지 않았다. 이제

이해하겠느냐?"

에사르하돈은 아무 대답도 못 하고 두려움을 느끼며 노인을 쳐다보았다.

노인은 말을 이어 나갔다. "이제 라이리에가 너 자신이고, 네가 죽인 병사들이 너 자신이라는 사실을 이해하느냐? 병사뿐만이 아니다. 네가 사냥하여 죽인 후 연회 때 먹은 동물들 역시 너 자신이다. 너는 너에게만 생명이 있는 걸로 생각했다. 하여 내가 그 망상의 베일을 벗겨 내어 너로 하여금 보게 한 것이다. 네가

다른 사람들에게 저지른 악행을 너 자신에게 행함으로써 말이다. 그들의 생명은 모두 하나이며 네 생명은 그렇게 하나인 생명 가운데 일부분에 지나지 않는다. 너는 네가 속한 그 하나의 생명 안에서만 네 생명을 값진 것으로도, 보잘것없는 것으로도 만들 수도 있고, 길게도 짧게도 할 수 있다. 너는 네 생명과 다른 사람들의 생명을 갈라놓는 장벽을 없애고, 다른 사람을 네 자신처럼 여기고 사랑해야 네 생명을 값지게 할 수 있다. 그리고 그렇게 해야 너에게 주어진 생명을 연장할 수 있다. 네가 네 생명을 유일한 생명으로 생각하고, 다른 사람들의 생명을 희생시켜 번영을 누리고자 할 때 네 생명을 스스로 해치는 것이다. 그렇게 하면 네 생명만 줄어들 뿐이다. 다른 사람들의 생명을 파괴하는 것은 네 권한이 아니다. 네가 죽인 사람들의 생명은 네 눈앞에서 사라졌을지 몰라도 실제로 파괴되지는 않았다. 너는 네 생명을 연장하고 타인의 생명을 줄였다고 생각했지만 너는 그렇게 할 수 없다. 생명은 시간과 공간을 초월한다. 한순간의 생명과 천년의 생명이 같고, 이 세상에 눈에 보이거나 보이지 않는 모든 생명과 네 생명이 모두 같은 것이다. 생명을 파괴하거나 바꾸는 일, 그건 불가능하다. 생명은 하나만 존재하기 때문이다. 생명이 제각각 다른 것 같지만, 그건 우리 눈에만 그렇게 보일 뿐이다."

노인은 이 말을 하고 사라졌다.

다음날 아침, 에사르하돈 왕은 라이리에를 비롯한 모든 포로를 풀어주고 사형 집행을 멈추라는 명령을 내렸다.

사흘째 되는 날 그는 아들 아수르바니팔을 불러 왕위를 물려주었다. 그리고 자신이 배운 모든 것을 다시 생각하기 위해 사막으로 갔다. 후에 그는 도시와 마을을 돌아다니며 사람들에게 설교했다. 모든 생명은 하나이며, 사람이 타인을 해칠 때 실제로는 자신에게 악한 짓을 가하는 것이라고.

1903년

노동, 죽음 그리고 병

남미 인디언들에게 전해져 오는 전설

처음에 하느님이 인간을 만드셨을 때, 일을 할 필요가 없는 존재로 만드셨다고 남미 인디언들은 말한다. 그들에 의하면, 인간은 집도, 옷도, 음식도 필요 없었고 백 살까지 병을 모르고 살았다.

시간이 흘러, 하느님은 인간이 어떻게 살고 있나 살펴보셨다. 그런데 인간이 행복하게 살기는커녕 서로 싸우고, 자신만 생각하며, 삶을 즐기지 못하고 저주하며 살고 있었다. 이를 본 하느님은 생각하셨다.

'이는 인간이 자신만 위하여 따로따로 살아가기 때문에 나타난 결과로다.'

하느님은 이런 상태를 바꾸시려고 인간이 노동을 하지 않고는 살 수 없게끔 만드셨다. 이제 인간은 추위와 배고픔을 피하기 위해 살 곳을 만들고, 땅을 파며, 과일과 곡식을 심고 거두지 않으면 안 되었다.

'노동을 하기 위해 서로 모이리라. 도구를 만들고, 목재를 준비해 운반하고, 집을 짓고, 곡식을 심어 거두고, 실을 잣고 천을 짜서 옷을 만드는 일은 혼자 할 수 없으니.' 하느님은 생각하셨다.

'함께 힘을 모아 열심히 일할수록 더 많은 것을 얻고 더 행복하게 살 수 있다는 사실을 인간은 이해하게 되리라. 그리고 이를 통해 그들은 하나가 될 것이다.'

시간이 흘러, 다시 하느님은 인간이 어떻게 살고 있는지, 이제 행복해하는지 살펴보셨다.

그런데 인간이 이전보다 더 불행하게 살고 있는 게 아닌가. 인간은 어쩔 수 없이 함께 일했지만 온전히 하나가 되지 못하고 작은 집단별로 나뉘어 있었다. 각 집단은 다른 집단의 일을 빼앗아 오고 서로 방해하는 데 시간과 힘을 낭비하고 있었다. 그래서 상황은 모두에게 나빠졌다.

이 역시 바람직하지 못하다고 보신 하느님은 인간이 자신이 죽을 때를 알지 못하되, 언제든지 죽을 수 있도록 만드셨다. 그리하여 인간에게 이 사실을 알렸다.

'누구든 언제든지 죽을 수 있다는 사실을 안다면 한시적인 이익을 차지하려고 시간을 허비하지는 않겠지.' 하느님은 생각하셨다.

하지만 결과는 예상과 달랐다. 하느님은 인간이 어떻게 살고 있나 다시 살펴보셨을 때 그들의 삶이 이전과 별다를 게 없다는 사실을 알게 되셨다.

강자는 인간이 언젠가는 죽는다는 사실을 악용하여 약자를 제압했다. 그리하여 약자를 죽이기도 하고 죽이겠다는 협박을 하기도 했다. 더욱이 강자와 그들의 자손은 일을 하지 않아 게을러져 권태로움을 느꼈다. 반면, 약자는 힘에 부치는 일을 해야 했기에 제대로 쉬지 못했다. 이 두 부류의 인간은 서로를 두려워하고 미워했다. 그 결과 인간의 삶은 더욱 불행해졌다.

이를 지켜보신 하느님은 사태를 바로잡기 위해 최후의 수단을 쓰시기로 작정하셨다. 그리하여 인간이 온갖 질병에 걸릴 수 있도록 만드셨다.

'누구나 병에 노출된다면, 인간은 자신이 건강할 때 아픈 사람을 불쌍히 여기고 도와주어야 하며, 그렇게 해야 막상 자신이 아플 때 건강한 사람의 도움을 받을 수 있다는 사실을 이해하리라.' 하느님은 이렇게 생각하셨다.

그렇게 다시 마음을 놓으셨던 하느님은 온갖 병에 노출된 인간이 어떻게 살고 있는지 다시 살펴보셨다. 그런데 인간의 삶이 이전보다 더 불행해졌다. 하느님은 인간이 병으로 말미암아 하나로 묶이리라고 생각하셨지만, 바로 그 병 때문에 인간이 더욱 심하게 분열되었다. 다른 사람들에게 일을 시키는 위치에 있는 강자는 자신이 아플 때 그들에게 간병을 시켰지만, 정작 본인은 다른 아픈 사람들을 전혀 돌보지 않았다. 반면, 강자를 위해 일

하고 그들이 아플 때 간병을 해야 하는 사람은 일에 찌든 나머지 정작 자신의 병을 치료할 시간이 없었고, 간병인을 둘 수도 없었다. 가난한 병자들의 모습에 부자들이 누리는 즐거움이 반감되지 않도록 그들을 수용하는 집들이 지어졌다. 그곳에서 그들은 힘이 되어 주는 위로를 받기는커녕, 연민은 눈곱만큼도 없고 혐오감을 고스란히 드러내는 고용 간호인의 손에서 괴로워하다 죽음을 맞이했다. 더욱이, 전염되는 병이 많다고 생각한 사람들은 병이 옮을까 두려워하여 병자뿐만 아니라 병자를 돌보는 사람들까지 멀리했다.

이를 본 하느님은 생각하셨다. '이 방법으로도 인간으로 하여금 행복이 어디에 있는지 깨닫게 하지 못한다면 괴로움을 통해 깨닫도록 인간을 그냥 내버려 두리라.' 그리하여 하느님은 인간을 그냥 내버려 두셨다.

그렇게 내버려진 인간은 자신들이 당연히 행복해야 하고, 행복해질 수 있다는 사실을 모른 채 오랫동안 살았다. 최근에 와서야 일부 사람들은 노동이 어떤 사람에게 공포의 대상이나 노역이 되어서는 안 되고, 인간을 하나로 묶는 공동의 행복한 일이 되어야 한다는 사실을 이해하기 시작했다. 그뿐만 아니라 항상 죽음에 노출되어 있는 인간이 해야 할 가장 바람직한 일은 자신에게 주어진 시간을 서로 화합하고 사랑하며 보내는 것이라는 사실을 이해하기 시작했다. 그리고 병으로 말미암아 인간이 서로 갈라서서는 안 되며 사랑의 마음으로 협동해야 한다는 사실을 이해하기 시작했다.

1903년

세 가지 물음

한 왕은 어느 날 이런 생각을 했다. '어떤 일을 시작해야 할 적시를 항상 안다면, 귀를 기울여야 할 사람과 피해야 할 사람을 항상 안다면, 그리고 무엇보다 해야 할 가장 중요한 일을 항상 안다면 무슨 일을 하든 실패하지 않을 텐데.'

이런 생각에 골몰한 왕은 어떤 행동을 취해야 할 적시, 왕에게 가장 필요한 사람, 해야 할 가장 중요한 일을 아는 방법을 알려 주는 사람에게 큰 상을 내리겠노라고 온 나라에 선포했다.

수많은 학자가 왕을 알현했으나, 그들의 대답은 모두 달랐다.

첫 물음에 이렇게 대답하는 학자들이 있었다. 즉, 어떤 행동을 취할 적시를 알려면 미리 계획을 세워 일, 월, 년 단위로 시간표를 짜서 그것을 엄격하게 지켜야 한다고 말이다. 그렇게 해야 모든 일을 적시에 완성할 수 있다고 그들은 말했다. 행동을 취해야 할 적시를 미리 결정하는 것은 불가능하다고 주장하는 학자들도 있었다. 그들은 한가한 놀이에 빠지지 말고 주변 상황에 항상 주의를 기울여 그때마다 가장 필요한 일을 해야 한다고 말했다. 하지만 왕이 아무리 주변 상황에 주의를 기울여도 어떤 일을 해야 할 적시를 올바르게 판단하는 것은 불가능하다고 주장하는 학자들도 있었다. 그들은 행동을 취해야 할 적시를 결정하는 데 도움을 줄 현자들로 구성된 자문회를 만들어야 한다고 주장했다.

그런데 일부 학자들은 행동을 취해야 하는지 말아야 하는지 자문회의 의견을 구할 겨를이 없이 당장 결정해야 하는 사안도 있다고 주장했다. 그러면서 행동 여부를 결정하려면 앞으로 일어날 일을 미리 알아야 하는데, 그것을 아는 이는 점쟁이밖에 없다고 말했다. 따라서 어떤 행동을 취해야 할 적시를 알려면 점쟁이한테 물어봐야 한다고 강조했다.

둘째 물음에도 다양한 대답이 나왔다.

왕에게 가장 필요한 사람은 고문관이라고 말하는 학자들도 있었고, 성직자, 의사 또는 병사라고 각각 주장한 학자들도 있었다.

가장 중요한 일은 무엇인가라는 셋째 물음에 일부 학자들은 학문이라고 대답했다. 반면 전쟁 기술 개발이나 신에 대한 경배라고 주장하는 학자들도 있었다.

온갖 다양한 대답이 나왔지만 왕은 어느 것에도 동의하지 않았고, 누구에게도 상을 주지 않았다. 그러나 여전히 해답을 찾고 싶었던 왕은 아주 지혜롭다고 알려진 은사에게 조언을 구하기로 했다.

은사는 숲에 살고 있었는데 그곳을 한 번도 떠난 적이 없었고, 서민만 만났다. 그래서 왕은 소박한 옷을 입었고, 은사의 암자에 도착하기 전에 말에서 내려 호위대를 뒤에 남겨 두고 혼자 걸어갔다.

왕이 다가갔을 때 은사는 암자 앞에서 땅을 파고 있었다. 왕을 본 은사는 그에게 인사를 하고 계속 땅을 팠다. 마르고 약한 은사는 가래로 땅을 찍어 흙을 파 엎을 때마다 숨을 가쁘게 쉬었다.

왕은 은사에게 다가가 말했다. "현명한 은사님, 저는 세 물음에 대한 대답을 들으려고 당신께 왔습니다. 적절한 일을 적시에 하는 법을 제가 어떻게 배울 수 있겠습니까? 또한, 제게 가장 필요한 사람, 그러니까 제가 더 주의를 기울여야 하는 사람은 누구겠습니까? 그리고 제가 최우선으로 주목해야 할, 가장 중요한 일은 무엇이겠습니까?"

왕의 말을 잠자코 듣고 있던 은사는 아무 대답도 하지 않았다. 그저 손바닥에 침을 뱉더니 땅을 다시 파기 시작했다.

"지치신 것 같은데 저에게 가래를 주십시오. 제가 잠시나마 대신 일하겠습니다." 왕이 말했다.

"고맙구려." 은사는 이렇게 말하더니 가래를 왕에게 주고 땅에 앉았다.

왕은 고랑을 두 곳 팠을 때 일을 멈추고 다시 물었다. 은사는 이번에도 아무 대답도 하지 않았다. 그저 자리에서 일어나 가래를 쥐려고 손을 뻗으면서 이렇게 말했다.

"이제 좀 쉬게. 내가 좀 할 테니."

그러나 왕은 가래를 주지 않고 계속 땅을 팠다. 한 시간이 지나고, 또 한 시간이 지났다. 해가 숲 뒤로 뉘엿뉘엿 지자 마침내 왕은 가래를 땅에 꽂고 말했다.

"저는 제 물음에 대한 당신의 대답을 들으러 왔습니다. 대답을 할 수 없으시다면 그렇다고 말씀해 주십시오. 그러면 돌아가겠습니다."

"누군가가 여기로 달려오는군. 어디 누구인지 봅시다." 은사가 말했다.

왕이 뒤를 돌아보니 수염이 덥수룩한 남자가 숲에서 달려오고 있었다. 남자는 두 손으로 배를 부여잡고 있었는데, 배에서 피가 뚝뚝 떨어졌다. 남자는 왕 앞에 왔을 때 희미한 신음 소리를 내며 기절하듯 쓰러졌다. 왕과 은사가 남자의 옷을 벗기자 배에 큰 상처가 나 있었다. 왕은 조심스럽게 남자의 배를 닦아 내고 자신의 손수건과 은사의 수건으로 붕대를 만들어 상처에 감았다. 그러나 피가 멈추지 않았다. 왕은 따뜻한 피로 흠뻑 젖은 붕대를 떼어 내어 씻은 다음 상처에 다시 감아 주는 일을 몇 번이고 반복했다. 마침내 피가 멈추자 의식을 찾은 남자는 마실 것을 부탁했다. 왕은 신선한 물을 가져와 남자에게 주었다. 그러는 사이 해가 저물고 날이 서늘해졌다. 그래서 왕은 은사의 도움을 받아 상처 입은 남자를 암자 안으로 운반해서 침상에 눕혔다. 침상에 눕혀진 남자는 눈을 감았고 조용했다. 한편, 걷고 일하느라 피곤했던 왕은 문 입구에 쪼그리고 앉아 잠이 들었다. 어찌나 혼곤히 잠들었는지 짧은 여름 밤 내내 한 번도 깨지 않

고 잤다. 아침에 일어난 왕은 자신이 어디에 있는지, 그리고 침상에 누운 채 눈빛을 반짝거리며 자신을 골똘히 바라보는 낯선 남자가 누구인지 알아차리기까지 오랜 시간이 걸렸다.

수염이 덥수룩한 남자는 왕이 잠에서 깨어 자신을 물끄러미 바라보자 "나를 용서하세요!"라고 가냘픈 목소리로 말했다.

"나는 당신을 모르오. 그리고 당신을 용서할 일도 없소." 왕이 말했다.

"당신은 나를 모르지만 나는 당신을 압니다. 당신이 내 형을 사형에 처하고 내 재산을 몰수하였습니다. 그리하여 나는 당신에게 복수하기로 맹세했으니, 당신의 적입니다. 당신이 혼자 은사를 만나러 간다는 정보를 입수하고 당신이 돌아오는 길에 당신을 죽이려고 했습니다. 그런데 하루가 다 가도록 당신은 돌아가지 않더군요. 그래서 잠복해 있던 나는 당신을 찾으러 나왔다가 당신의 호위대와 맞닥뜨렸습니다. 그들은 나를 알아보고 상처를 입혔습니다. 나는 그들을 피해 달아났습니다. 하지만 당신이 상처에 붕대를 감아 주지 않았더라면 나는 피를 쏟다가 죽었을 겁니다. 나는 당신을 죽이고 싶었는데 당신은 날 살렸습니다. 만일 내가 살아난다면, 그리고 당신이 원한다면 나는 가장 충실한 종으로서 당신을 섬길 것이고, 내 아들 녀석들에게도 그렇게 하라고 이를 것입니다. 그러니 나를 용서하세요!"

왕은 자신의 적과 그렇게 쉽게 화해를 하고, 그를 자기편으로 만들었다는 사실에 대단히 흡족했다. 그래서 남자를 용서했을 뿐만 아니라 그를 돌볼 하인과 의사를 붙여 주고 그의 재산도 되돌려주겠다는 약속을 했다.

왕은 상처를 입은 남자와 인사를 하고 문 밖으로 나와 은사를 찾았다. 돌아가기 전에 은사에게 세 물음에 대한 답변을 해 달라고 한 번 더 부탁할 참이었다. 은사는 밖에서 무릎을 꿇고 앉아 전날 파 놓은 고랑에 씨를 뿌리고 있었다.

왕은 은사에게 다가가 말했다.

"마지막으로 부탁합니다만, 제 물음에 대답을 해 주십시오."

"당신은 이미 답을 얻었소!" 은사는 가느다란 다리로 여전히 쪼그리고 앉아 앞에 서 있는 왕을 올려다보며 말했다.

"답을 얻었다니요? 무슨 말씀이십니까?" 왕이 물었다.

그러자 은사가 말했다. "모르겠소? 당신이 어제 허약한 나를 가엾이 여겨 내 대신 고랑을 파지 않고 그냥 돌아갔다면 그 남자는 당신을 해쳤을 거요. 그러면 당신은 나와 함께 있지 않았던 것을 후회했겠지. 따라서 가장 중요한 순간은 당신이 고랑을 팠던 때고, 가장 중요한 사람은 나였으며, 당신에게 가장 중요한 일은 나를 도와준 일이었소. 이후에 남자가 우리에게 달려왔을 때 가장 중요한 순간은 당신이 남자를 돌보았던 때였소. 당신이 그의 상처에 붕대를 감아 주지 않았더라면 그는 당신과 화해도 못 한 채 죽었을 것이기 때문이오. 그러므로 그가 가장 중요한 사람이었고, 당신이 그에게 한 일이 가장 중요한 일이었소. 그러니 기억하시오. 중요한 순간은 바로 '지금'이라는 사실을 말이오. 지금이 가장 중요한 순간인 이유는 우리가 영향력을 행사할 수 있는 유일한 시간이기 때문이오. 또한 가장 필요한 사람은 지금 당신과 함께 있는 사람이오. 그 누구도 자신이 앞으로 어떤 사람과 인간관계를 맺게 될지 모르기 때문이라오. 그리고 가장 중요한 일은 함께 있는 그 사람에게 선을 행하는 것이오. 이는 인간이 이 세상에 온 유일한 이유가 바로 그것이기 때문이오."

1903년

악은 부추기지만 선은 견딘다

옛날에 한 선량하고 인정 많은 남자가 살았다. 그는 재산을 갖고 있었고, 그를 위해 일하는 많은 노예들이 있었다. 그리고 노예들은 그들의 주인을 자랑하며 이렇게 말했다.

"이 세상에 우리 주인보다 더 좋은 주인은 없어. 우리 주인은 우리를 잘 먹이고 잘 입히고, 우리가 할 수 있는 적당한 일을 주시지. 우리 주인은 어떤 악의도 품지 않고 절대 누구에게도 거칠게 말하지 않아. 우리 주인은 다른 주인들과 달라. 다른 주인들은 노예를 가축보다도 못하게 다루고, 잘못을 했든 안 했든 벌을 주고, 친절하게 말하지도 않아. 우리 주인은 우리가 건강하기를 바라고, 선행을 베풀고, 우리에게 다정하게 말을 해. 우리는 더 이상 바라는 게 없어."

이렇게 노예들은 그들의 주인을 칭찬했고, 악마는 노예들이 그들의 주인과 사랑과 조화 속에 살고 있는 것을 보고 화가 났다. 그래서 그들 중 엘렙이라는 이름의 노예를 자신의 수하로 만들어서 다른 노예들을 유혹하라고 명령했다. 어느 날 노예들이 모두 함께 앉아 쉬면서 주인의 선량함에 대해 말하고 있을 때, 엘렙이 목소리를 높여서 말했다.

"우리 주인의 선량함에 대해 그토록 칭찬하는 건 어리석은 일이야. 악마라도 만일 너희가 악마가 원하는 것을 해 주면 친절할 테니까. 우린 주인을 잘 섬기고 모든 것에서 주인을 만족시키고 있어. 주인이 뭔가를 생각하자마자 우리가 그것을 하잖아. 주인이 바라는 모든 것을 미리 알고서 말이야. 그러니 우리한테 친절할 수밖에 더 있겠어? 만약 주인을 만족시키는 대신 어떤 해(害)를 입힌다면 어떻게 되는지 한번 시험해 봐. 우리 주인도 다른 주인들처럼 행동할 거야. 가장 악독한 주인이 하듯 악에는 악으로 갚을 거라고."

다른 노예들은 엘렙이 한 말을 부인하기 시작했지만 결국 그와 내기를 하게 되었다. 엘렙이 그들의 주인을 화나게 만들겠다고 장담했다. 만약 실패하면 자신의 축일 의복을 내놓기로 했고, 성공하면 다른 노예들이 그들의 옷을 주기로 했다. 또한 다른 노예들은 엘렙을 주인으로부터 지켜 주고, 만일 옥에 갇히거나 감금당하게 되면 풀어주겠다고 약속까지 했다. 이런 내기를 한 후 엘렙은 다음날 아침 주인을 성나게 만드는 데 동의했다.

엘렙은 양치기였고, 그의 주인이 매우 좋아하는 귀하고 순종(純種)인 많은 양들을 돌보고 있었다. 이튿날 아침, 주인이 귀한 양들을 보여 주기 위해 손님들을 데리고 울타리 안으로 들어왔을 때, 엘렙이 마치 '자, 잘 봐. 내가 주인을 어떻게 화나게 만드는지.'라고 말하는 것처럼 동료 노예들을 향해 눈을 찡긋거렸다.

다른 모든 노예들이 모여서 눈을 크게 뜨고 문이나 울타리 너머를 들여다보았다. 악마는 자신의 종이 일을 어떻게 하는가 보려고 가까이 있는 나무로 기어올랐다. 주인은 울타리 주변을 걸으며 자신의 손님들에게 암양과 어린 양들을 보여 주었고, 이내 자신의 가장 훌륭한 숫양을 보여 주길 원했다.

"모든 숫양이 귀합니다만, 제겐 아주 멋진 뿔을 가진 숫양 한 마리가 있고 이 녀석은 값으로 따질 수 없을 만큼 귀중하지요."

주인이 말했다.

"저는 그 양을 매우 소중히 여기고 있습니다."

낯선 사람들의 모습에 깜짝 놀란 양들이 울타리 안을 이리저리 뛰어다녔고, 손님들은 그 숫양을 제대로 볼 수가 없었다. 그 숫양이 가만히 멈춰 서자마자 엘렙이 마치 우연한 일인 것처럼 양을 펄쩍 뛰게 만들었고, 다시 모든 양들이 뒤죽박죽 섞여 버렸다. 손님들은 어떤 양이 그 값으로 따질 수 없는 양인지 분간할 수 없었다. 마침내 주인이 소리쳤다.

"엘렙, 나를 위해 우리의 가장 좋은 양을 붙잡아 주게. 뿔이 틈새 없이 감겨 올라간 그 숫양 말이야. 아주 조심해서 잠시 동안만 잡고 있게."

주인이 말을 마치기가 무섭게 엘렙이 사자처럼 양들 속으로

돌진했고, 값으로 따질 수 없을 만큼 귀중한 숫양을 와락 붙잡았다. 그리고 재빨리 털을 잡은 상태에서 한 손으로 왼쪽 뒷다리를 낚아채고는 주인이 보는 앞에서 양을 홱 들어 올렸다. 그 결과 양의 왼쪽 뒷다리가 마른 가지처럼 딱 부러지고 말았다. 엘렙이 양의 다리를 부러뜨리자 양은 매—애 울면서 무릎을 꿇고 넘어졌다. 그러자 엘렙이 부러진 왼쪽 다리로 절름거리고 있는 양의 오른쪽 뒷다리를 꽉 붙잡았다. 손님과 노예들은 경악을 금치 못했으며, 나무 위에 앉아 있던 악마는 엘렙이 그의 임무를 확실히 수행한 데 대해 크게 기뻐했다. 주인은 몹시 화가 난 모습으로 눈살을 찌푸리고 고개를 숙인 채 한마디도 하지 않았다. 손님과 노예들 역시 침묵했고, 무슨 일이 일어나게 될지 기다렸다. 잠시 침묵을 지킨 뒤, 주인은 마치 어떤 짐을 벗어던지듯 몸을 흔들었다. 그리고 나서 고개를 들더니 잠시 하늘을 올려다보았다. 이내 주름이 얼굴에서 사라졌고, 주인은 빙긋이 웃으며 엘렙을 바라보고 말했다.

"아, 엘렙, 엘렙! 자네의 주인은 나를 노하게 만들라고 명령했지만, 나의 주인이 자네의 주인보다 강하다네. 자네에게 화를 내는 대신 자네의 주인을 화나게 만들지. 자넨 내가 자네를 벌하는 걸 두려워하고 있고, 자유롭게 되기를 바라겠지. 엘렙, 난 자네를 벌하지 않을 거야. 그리고 여기 내 손님들 앞에서 자네의 소망대로 자넬 자유롭게 해 주겠네. 자네가 원하는 곳으로 가게

나. 자네의 축일 의복을 챙겨서 말이야!"

   그 친절한 주인은 손님들과 함께 집으로 돌아갔지만, 악마는 이를 갈면서 나무에서 떨어져 땅속으로 가라앉았다.

1885년

어린 소녀가 어른보다 현명하다

부활절이 다가오고 있었다. 썰매 타기가 막 끝났고, 뜰에는 아직 눈이 남아 있었으며, 물이 마을 거리를 따라 세차게 흘러내렸다.

다른 집에서 나온 어린 여자아이 두 명이 농가 사이에 있는 좁은 길에서 우연히 만나게 되었다. 그곳에는 농가를 통해 흐른 더러운 물이 큰 웅덩이를 이루고 있었다. 한 아이는 매우 작고, 다른 아이는 조금 더 컸다. 어머니들은 아이들에게 각각 새 원피스를 입힌 상태였다. 작은 아이는 푸른색 옷을, 다른 아이는 노란색 옷을 입었으며, 둘 다 빨간 머릿수건을 두르고 있었다. 아이들은 예배당을 나온 직후에 만났고, 우선 서로에게 자신의 예쁜 옷을 보여 준 뒤 어울려 놀기 시작했다. 아이들은 곧 웅덩이 주변에서 물을 첨벙거리는 데 관심을 보였고, 작은 아이가 웅덩이 안으로 걸어 들어가더니 신발을 완전히 그 안에 담갔다. 그러자 좀 더 큰 아이가 저지하면서 말했다.

"말라샤, 그렇게 들어가면 안 돼. 너희 엄마가 야단치실 거야.

난 신발과 양말을 벗을 거야. 너도 벗어."

아이들은 신발과 양말을 벗었고, 치맛자락을 들어 올린 뒤 서로를 향해 웅덩이를 가로질러 걷기 시작했다. 물이 말라샤의 발목까지 이르자 말라샤가 말했다.

"아쿨리아, 물이 깊어. 나 무서워!"

"괜찮아, 겁내지 마. 더 깊어지지 않을 거야."

아이들이 서로 가까워졌을 때 아쿨리아가 말했다.

"말라샤, 조심해. 물을 튀기지 말고 살살 걸어!"

아쿨리아가 그렇게 말하기가 무섭게 말라샤가 발을 물에 텀벙 담갔고, 그 물이 바로 아쿨리아의 옷으로 튀었다. 흙탕물이 아쿨리아의 옷에 튀었고, 눈과 코에도 튀었다. 아쿨리아는 자신의 옷에 묻은 얼룩을 보자 화가 났고, 말라샤를 때리기 위해 몸을 돌렸다. 말라샤는 흠칫 놀라며 자신이 곤란한 상황이 되자 급히 웅덩이 밖으로 나가 집으로 달려갈 준비를 했다. 바로 그때 아쿨리아의 어머니가 우연히 지나가다 딸의 치마에 흙탕물이 튀고 소매가 더러워진 것을 보게 되었다.

"이런 말썽꾸러기 같으니. 대체 뭘 한 거야?"

"말라샤가 일부러 이렇게 했어요."

그 말을 듣고 아쿨리아의 어머니가 말라샤를 붙잡아 목덜미를 때렸다. 말라샤가 울부짖기 시작했고 그 목소리는 온 거리로 울려 퍼졌다. 말라샤의 어머니가 밖으로 나왔다.

"뭐 때문에 내 아이를 때리는 거예요?"

말라샤의 어머니는 이웃을 꾸짖기 시작했다. 한마디 말이 다른 말로 이어지더니 두 사람은 성을 내며 말다툼을 벌였다. 남자들이 나왔고 많은 사람들이 거리에 모여들었으며, 모두 큰 소리로 떠들 뿐 듣는 사람은 아무도 없었다. 사람들은 계속 싸웠고, 한 사람이 다른 사람을 밀치자 사태는 거의 서로 치고받는 상황으로 발전했다. 그때 아쿨리아의 나이 많은 할머니가 그들 속으로 들어가 진정시키려고 애썼다.

"무슨 생각으로 이러는 거요? 이게 옳은 행동이오? 더구나 이런 날에! 지금은 기뻐하고 축하할 때지 이런 어리석은 행동을 할 때가 아니라오."

사람들은 노파의 말을 들으려 하지 않았고, 하마터면 노파를 쳐서 쓰러뜨릴 뻔했다. 만약 아쿨리아와 말라샤 두 아이들이 없었다면, 노파는 그 많은 사람들을 잠재울 수 없었을 것이다. 여자들이 서로를 욕하는 동안 아쿨리아는 옷에서 진흙을 털어 없애고 다시 웅덩이로 갔다. 아쿨리아는 돌을 하나 집어 들어 웅덩이 앞쪽으로 땅을 파기 시작했다. 웅덩이에 고인 물이 거리로 흘러 내려갈 수 있는 수로를 만들기 위해서였다. 이내 말라샤도 작은 나무토막으로 수로를 파는 일을 도왔다. 남자들이 막 싸우기 시작할 때, 웅덩이의 물이 소녀들의 수로를 통해 노파가 어른들을 진정시키려 애쓰고 있는 거리로 세차게 흘러 내려갔다.

소녀들은 작은 개울을 사이에 두고 물길을 쫓았다.

"말라샤, 잡아! 잡아!"

아쿨리아가 외쳤고 말라샤는 까르르 웃었다.

어린 소녀들은 무척 즐거워했고, 나무토막이 그들이 만든 작은 개울을 따라 떠내려가는 걸 지켜보며 어른들이 모여 있는 곳으로 곧장 달려왔다. 노파가 아이들을 바라보며 어른들을 향해 말했다.

"부끄럽지도 않아요? 이 아이들 때문에 계속 싸우고 있지만, 정작 아이들은 모든 걸 잊고 함께 행복하게 놀고 있어요. 얼마나 사랑스러워요! 아이들이 당신들보다 현명해요!"

어른들은 어린 소녀들을 바라보았고 부끄러움을 느꼈다. 그리고 자신들의 어리석음을 비웃은 뒤 각자 집으로 돌아갔다.

"너희가 생각을 바꾸어 어린이와 같이 되지 않으면 결코 하늘나라에 들어가지 못할 것이다."

1885년

일리아스

옛날 우파 영토에 일리야스라고 하는 바슈키르인이 살았다. 그의 아버지는 아들에게 아내를 얻어 준 뒤 일년이 지나 세상을 떠났고, 많은 재산을 남기지 않았다. 그때 일리야스에게는 암말 일곱 마리와 암소 두 마리, 양 스무 마리 정도만 있을 뿐이었다. 하지만 일리야스는 재산을 잘 꾸렸고, 재산이 곧 불어나기 시작했다. 일리야스와 그의 아내는 아침부터 밤까지 일을 했다. 남들보다 일찍 일어나서 늦게 잠자리에 들었으며, 해마다 재산이 늘어났다. 이렇게 살면서 일리야스는 조금씩 큰 부를 획득했다. 서른여섯 살이 되기 전 일리야스는 말 2백 마리와 소 150마리, 양 천2백 마리를 소유하게 되었다. 고용된 일꾼들이 그의 소 떼와 양 떼를 돌보았으며, 고용된 여자들이 암말과 암소의 젖을 짜고 쿠미스(몽골과 동부 러시아에서 말이나 낙타의 젖으로 만든 술 — 역주)와 버터, 치즈를 만들었다. 일리야스는 모든 것을 풍족하게 갖고 있었고, 그 지역에 사는 모든 이들이 그를 부러워했다. 그들은 일리야스에 대해 이렇게 말했다.

"일리야스는 복 받은 사람이야. 모든 걸 충분히 가졌으니까. 이 세상은 분명 그에게 즐거운 곳일 거야."

높은 지위에 있는 사람들이 일리야스의 소문을 듣고 그와 친분을 맺으려고 애썼다. 방문객들이 멀리에서부터 그를 찾아왔고, 일리야스는 모든 사람들을 환영하며 음식을 대접했다. 오는 사람이 누구든 그들 앞에는 항상 쿠미스와 차(茶), 셔벗, 양고기가 놓여졌다. 방문객들이 도착할 때마다 양 한 마리, 때로는 두 마리를 잡았고, 손님들이 많을 때는 암말 한 마리까지 잡았다.

일리야스에게는 아들 둘과 딸 하나가 있었는데, 모두 결혼을 시켰다. 일리야스가 가난할 때는 두 아들이 아버지와 함께 일하고 가축들을 돌봤지만, 일리야스가 부자가 되자 자식들은 버릇이 나빠졌고 아들 하나는 술에 빠졌다. 큰아들은 말다툼을 하다 목숨을 잃었으며, 작은아들은 제멋대로 행동하는 여자와 결혼을 한 뒤 아버지에게 순종하지 않았다. 따라서 그들은 더 이상 함께 살 수가 없었다.

그렇게 그들은 헤어졌고, 일리야스는 아들에게 집 한 채와 가축들을 내주면서 재산이 줄어들었다. 그리고 나서 곧 일리야스의 양 떼들에게 질병이 발생해서 많은 양들이 죽었다. 그리고 흉작이 이어져 건초를 마련하지 못했고, 그해 겨울 많은 소들이 죽었다. 게다가 키르기스인들이 일리야스의 가장 좋은 말들을 빼앗아 갔다. 일리야스의 재산은 점점 줄어들었고 동시에 그의 힘도 쇠하고 약해졌다. 일흔 살이 될 무렵 일리야스는 자신의 털가죽과 융단, 말안장, 천막을 팔기 시작했다. 결국 남아 있던 가축마저 내놓아야 했고, 가난에 직면한 자신의 모습을 발견하게 되었다. 어떻게 그런 일이 일어났는지 알기도 전에 일리야스는 모든 것을 잃었으며, 노년의 나이에 이른 일리야스와 그의 아내는 고용살이를 할 수밖에 없었다. 이제 일리야스에게는 자신이 걸친 옷과 털가죽 외투 하나, 찻잔, 실내화와 덧신 말고는 아무것도 없었으며, 그의 아내 샴―쉐마기 역시 늙어 있었다. 일리야스와 헤어진 아들은 먼 나라에 가 있었고 그의 딸은 죽었기 때문에, 이 노부부를 도와줄 사람은 아무도 없었다.

이웃이었던 무하마드―샤는 그들을 불쌍히 여겼다. 무하마드―샤는 부유하지도 가난하지도 않았지만, 착한 사람이었다. 그는 일리야스의 후한 대접을 기억했고, 그를 동정하며 말했다.

"일리야스, 우리 집에서 나와 함께 삽시다. 여름에는 기운이 허락하는 만큼 내 멜론 밭에서 일하고 겨울에는 내 가축에게 사료를 먹일 수 있어요. 당신의 아내는 암말의 젖을 짜고 쿠미스를 만들 수 있지요. 내가 두 분 모두에게 음식과 옷을 드리리다. 필요한 게 있으면 말씀하세요. 가져다 드릴 테니."

일리야스는 이웃에게 감사를 표한 뒤, 아내와 함께 무하마드―샤의 일꾼으로 살게 되었다. 처음에는 그런 위치가 힘들게 생각되었지만 곧 익숙해졌고, 기운이 허락하는 한도 내에서 열심히 일을 했다.

　무하마드─샤는 그런 사람들을 데리고 있는 게 자신에게 이롭다는 것을 알게 되었다. 그들 자신이 고용주였던 터라 관리하는 방법을 잘 알고 있었고, 부지런한데다 그들이 할 수 있는 모

든 일을 했기 때문이다. 그러나 무하마드—샤는 그렇게 높은 지위에 있던 사람들이 저렇게 낮은 지위로 떨어진 것을 보게 되어 마음이 몹시 아팠다.

하루는 무하마드―샤의 친척들과 이슬람교 율법학자 한 사람이 아주 먼 곳에서 그를 보기 위해 찾아왔다. 무하마드―샤는 일리야스에게 양 한 마리를 잡으라고 말했다. 일리야스는 양의 껍질을 벗기고 고기를 삶아서 손님들 앞에 내놓았다. 손님들은 양고기를 먹고 차를 마신 다음, 쿠미스를 마시기 시작했다. 손님들이 양탄자 위 푹신한 방석에 주인과 함께 앉아서 이야기를 나누며 쿠미스를 홀짝이고 있을 때, 일리야스가 자신의 일을 마치고 열려 있던 문 옆으로 지나갔다. 무하마드―샤는 일리야스가 지나가는 것을 보고 옆에 있던 손님에게 말했다.

"방금 저기로 지나간 노인을 보셨습니까?"

"네, 그 사람에 대해 뭐 특별한 거라도 있나요?"

"딱 한 가지 있습니다. 한때 우리들 중에서 가장 부자였다는 사실이지요. 그 사람의 이름은 일리야스입니다. 아마 들어 보셨을 거예요."

"물론 들어 봤습니다."

손님이 대답했다.

"한 번도 본 적은 없지만, 그의 명성이 널리 퍼졌었지요."

"네, 하지만 지금은 가진 게 아무것도 없고 제 일꾼으로 저와 함께 살고 있습니다."

무하마드―샤가 말했다.

"그의 늙은 아내 역시 이곳에서 암말의 젖을 짜고 있지요."

손님은 깜짝 놀랐다. 그리고 혀를 차고 고개를 흔들면서 말했다.

"부란 수레바퀴처럼 돌고 돕니다. 한 사람이 그걸 얻으면, 다른 사람은 잃게 되니까요! 그 노인이 자신이 잃은 모든 것에 대해 몹시 슬퍼하지 않던가요?"

"아무도 모르지요. 조용히 평화롭게 살면서 열심히 일하니까요."

"그 사람과 이야기를 나눌 수 있을까요? 그의 인생에 대해 묻고 싶군요."

손님이 말했다.

"물론이죠."

무하마드—샤가 그렇게 대답하고 나서, 그들이 앉아 있는 곳에서 큰 소리로 불렀다.

"바바이(바슈키르어로 '노인장'이라는 뜻), 이리 와서 우리와 함께 쿠미스 한 잔 하시지요. 부인도 함께 데려오세요."

일리야스는 아내와 함께 들어왔고, 주인, 손님들과 인사를 주고받은 뒤 기도를 하고 문가 쪽에 앉았다. 그의 아내는 커튼 뒤로 들어가 여주인과 함께 앉았다.

쿠미스 잔이 일리야스에게 건네졌고, 일리야스는 손님들과 그의 주인을 위해 건강을 빌고 머리를 숙여 답례한 뒤, 약간 마시고 잔을 내려놓았다.

"우리를 보게 되어 상당히 슬플 거라 생각됩니다."

일리야스와 이야기하길 원하던 손님이 말했다.

"분명 이전의 풍요와 현재의 비애를 떠올리게 만들 테니까요."

일리야스가 빙긋이 웃으며 대답했다.

"만일 제가 행복이 무엇이고 불행이 무엇인지 말한다면, 제 말을 믿지 않을 겁니다. 저보다는 아내에게 묻는 편이 낫지요. 아내는 여자라, 마음속에 있는 것을 말로 표현하니까요. 제 아내가 모든 진실을 말해 줄 겁니다."

손님이 커튼 쪽으로 몸을 돌렸다.

"이전의 행복과 현재의 불행을 비교해서 말씀해 주세요."

그러자 일리야스의 아내가 커튼 뒤에서 대답했다.

"제가 생각하는 것을 말씀드리지요. 제 남편과 저는 50년 동안 행복을 추구하며 살았지만 찾지 못했습니다. 모든 것을 잃고 일꾼으로 살아온 지난 2년 사이에 비로소 진정한 행복을 발견했어요. 우린 현재의 삶에서 아무것도 더 바라지 않는답니다."

손님들은 깜짝 놀랐고, 주인인 무하마드—샤 역시 그러했다. 무하마드—샤는 일리야스 아내의 얼굴을 보기 위해 자리에서 일어나 커튼을 걷어 젖혔다. 일리야스의 아내는 두 팔을 마주 낀 채 그대로 앉아, 자신의 늙은 남편을 바라보며 미소를 지어 보였다. 일리야스 역시 아내를 향해 미소를 지었다. 늙은 아내가 말을 이었다.

"저는 진실을 말하고 있습니다. 농담을 하는 게 아니에요. 우린 반세기 동안 행복을 추구했고, 부자로 사는 동안은 결코 행복을 발견하지 못했어요. 아무것도 가진 것 없이 일꾼으로 일하면서 그런 행복을 찾았기 때문에 우린 더 원하는 게 아무것도 없지요."

"하지만 그 행복이 어디에 있다는 겁니까?"

"우리가 부자였을 때 남편과 저는 걱정거리가 너무나 많아서 서로 이야기하거나, 우리의 영혼에 대해 생각하거나, 신께 기도할 시간조차 없었어요. 우릴 찾아오는 손님들이 있었기 때문에 그들이 우리에 대해 나쁘게 말하지 않도록 무슨 음식을 대접하고 무슨 선물을 주어야 할지 고민해야 했어요. 그들이 떠나면 일꾼들을 돌봐야 했지요. 일꾼들은 항상 게으름을 피우고 가장 좋은 음식을 가져가려고 하는 반면, 우린 그들로부터 우리가 얻을 수 있는 모든 것을 얻고 싶어했어요. 그렇게 우린 죄를 지었습니다. 그러고 나서는 행여 늑대가 망아지나 송아지를 죽이지 않을까, 도둑이 말을 훔쳐 가지는 않을까 전전긍긍했어요. 암양이 새끼 양들을 끼고 자다가 질식시키지는 않을까 걱정하면서 밤에도 잠들지 않고 일어나서 모든 게 괜찮은지 살피고 또 살폈어요. 한 가지 걱정이 끝나면 다른 걱정이 생겨나곤 했지요. 이를테면 겨울에 가축에게 먹일 충분한 사료를 어떻게 마련할지 같은 거예요. 게다가 남편과 저는 다투기 일쑤였어요. 남편이 이렇게 저렇게 해야 한다고 말하면, 전 남편과 생각이 달랐지요.

그렇게 언쟁을 하며 또 죄를 지었습니다. 하나의 걱정거리에서 또 다른 걱정거리로, 하나의 죄에서 또 다른 죄로 나아가며 어떤 행복도 찾지 못했어요."

"그런데, 지금은요?"

"지금 제 남편과 저는 아침에 일어나서 언제나 서로를 위해 애정 어린 말을 건넵니다. 다툴 일이 하나도 없기 때문에 평화롭게 살고 있지요. 우리가 걱정하는 건 오직 주인을 위해 최선을 다하는 방법뿐이에요. 우린 주인이 우리로 인해 손해를 보지 않고 이익을 얻을 수 있도록 힘닿는 데까지 정성을 다해 일합니다. 일을 마치고 돌아오면 저녁이 준비되어 있고 쿠미스도 있지요. 우리에겐 추울 때 땔 수 있는 연료가 있고 털가죽 외투도 있어요. 또한 이야기를 나누고, 우리의 영혼에 대해 생각하며, 기도할 시간이 있습니다. 우린 50년 동안 행복을 추구했지만, 이제야 비로소 행복을 찾았어요."

손님들은 소리 내어 웃었다.

이에 일리야스가 말했다.

"여러분, 웃지 마십시오. 이건 웃을 일이 아닙니다. 이건 인생의 진리예요. 처음에는 우리 역시 어리석었고, 우리가 잃어버린 부에 대해 비탄의 눈물을 흘렸습니다. 그러나 이제 신께서 우리에게 진리를 보여 주셨고, 우리 자신의 위안이 아닌 여러분의 행복을 위해 그것을 말씀드리는 것입니다."

그러자 율법학자가 말했다.

"그건 현명한 말씀이오. 일리야스는 정확히 진실을 말했습니다. 성서(聖書)에도 똑같이 나와 있으니까요."

손님들은 웃음을 멈추고 깊이 생각하기 시작했다.

1885년

부유한 사람들 간의 대화

다음에 오는 이야기의 서사(序詞)

손님 몇 명이 어느 날 한 부유한 집에 모였다가 인생에 대해 진지한 대화를 나누기 시작했다. 그들은 그 자리에 있는 사람들과 그렇지 않은 사람들에 대해 이야기했지만, 자신의 삶에 만족하는 사람은 한 명도 찾아내지 못했다. 행복하다고 자랑할 수 있는 사람이 아무도 없었을 뿐만 아니라, 단 한 사람도 자신이 그리스도인으로서의 삶을 살고 있다고 생각하지 않았다. 모두가 자신과 자신의 가족만을 위해 세속적인 삶을 살고 있다고 고백했으며, 그들 중 누구도 이웃을 생각하지 않았고, 신은 더더욱 생각하지 않았다.

그렇게 모든 손님이 말했고, 모두 신을 믿지 않고 비(非)그리스도인의 삶을 살고 있는 자신들의 잘못을 인정했다.

"그렇다면 우리는 왜 이렇게 사는 거죠?"

한 젊은이가 외쳤다.

"왜 우리 스스로 옳지 않다고 생각하는 삶을 사는 거죠? 우리에겐 삶의 방식을 바꿀 힘이 전혀 없나요? 우리는 우리의 사치와 나약과 부(富), 그리고 무엇보다 다른 사람들로부터 우리를 떼어 놓는 우리의 교만이 우리를 파괴한다는 걸 인정합니다. 부귀를 누리려면 인간에게 기쁨을 주는 모든 것들을 스스로 박탈해야 하지요. 우리는 꾸역꾸역 도회지로 모여들고, 나약해지며, 건강을 해치고, 그리고 그 모든 유희에도 불구하고 권태와 또 우리의 삶이 올바르지 못하다는 후회로 죽습니다.

우리는 왜 그렇게 사는 거죠? 왜 우리의 인생과 신이 우리에게 주신 모든 선(善)을 망치는 거죠? 저는 그런 낡은 방식으로 살고 싶지 않습니다! 저는 시작했던 공부를 그만두겠어요. 그것들은 제게 지금 우리가 불평하고 있는 것과 똑같은, 고통스런 삶을 가져다줄 뿐일 테니까요. 저는 제 재산을 포기하고 시골로 내려가 가난한 사람들 속에서 살겠습니다. 그들과 함께 일하고, 제 손으로 노동하는 법을 배우며, 그리고 만약 제 교육이 가난한 이들에게 조금이라도 도움이 된다면 그들과 함께 나누겠어요. 제도(制度)와 책을 통해서가 아니라, 그들과 한형제처럼 사는 직접적인 방법으로 말이죠. 네, 저는 결심했습니다."

젊은이가 자문을 구하는 눈길로, 역시 그 자리에 참석한 자신의 아버지를 바라보며 덧붙였다.

"네 소망은 가치 있는 것이다."

젊은이의 아버지가 말했다.

"하지만 경솔하고 현명하지 못해. 그 일이 너한테 쉽게 생각되는 건 오직 네가 아직 인생을 모르기 때문이야. 우리에게 '선'으로 보이는 일들은 많이 있다만, 선이라는 것을 실행하는 건 복잡하고도 어렵다. 다져진 길을 잘 걷는 일도 힘든데, 새로운 길을 내는 건 더더욱 힘들지. 새로운 길은 완전히 성숙하고, 인간이 달성할 수 있는 모든 것에 통달한 사람만이 만들 수 있단다. 너한테 인생의 새 길을 만드는 일이 쉬워 보이는 건 오직 네가 아직 인생을 이해하지 못하기 때문이야. 그건 경솔함과 젊은이 특유의 자만이 불러온 결과지. 우리 노인들은 너희 젊은이들의 충동을 억제시키고 우리의 경험으로 너희를 인도하기 위해 필요하고, 너희 젊은이들은 그 경험에서 득을 보기 위해 우리에게 복종해야 한단다. 네 앞에는 창창한 앞날이 놓여 있어. 너는 지금 성장하고 발달하는 중이지. 교육을 마치고, 사물에 완전히 정통하고, 온전히 네 힘으로 일어서며, 너 자신의 굳은 신념을 지니고 나서, 만약 네게 그렇게 할 힘이 있다고 느껴지거든 그때 새로운 삶을 시작해라. 하지만 지금은 너 자신의 이익을 위해 너를 인도하는 사람들의 말에 따라야 해. 인생의 새 길을 열려고 해서는 안 된다."

젊은이는 침묵했고 더 나이 든 손님들은 젊은이의 아버지가 한 말에 동의했다.

"어르신 말씀이 맞습니다."

결혼한 중년의 한 남자가 젊은이의 아버지를 돌아보며 말했다.

"삶의 경험이 부족한 저 청년은 인생의 새 길을 찾을 때 큰 실수를 할지도 모르고 또 그 결심이 굳지 않을 수 있다는 건 사실이지요. 하지만 우리의 인생이 우리의 양심에 어긋나며 우리에게 행복을 주지 않는다는 데 모두 동의하고 있어요. 따라서 그런 삶으로부터 탈출하고자 하는 소망의 정당성을 인정할 수밖에 없습니다.

저 청년은 자신의 공상(空想)을 이성적인 추론이라고 착각할지도 모르지요. 하지만 이제 더 이상 젊다고 할 수 없는 저는 오늘 저녁 대화를 들으면서 저 청년과 똑같은 생각을 했다는 걸 여러분께 말씀드리고 싶습니다. 현재 제가 사는 인생이 마음의 평화나 행복을 줄 수 없다는 건 너무나 분명합니다. 경험과 이성이 똑같이 제게 그걸 보여 주고 있으니까요. 그렇다면 저는 지금 뭘 기다리고 있는 거죠? 우리는 아침부터 밤까지 가족을 위해 고군분투하지만, 우리와 우리의 가족은 신을 섬기지 않고 살면서 점점 더 죄에 물들어 가고 있어요. 우리는 가족을 위해 일하지만, 가족들의 삶은 조금도 더 나아지지 않지요. 그건 우리가 가족을 위해 올바른 일을 하고 있지 않기 때문입니다. 그래서 저는 만약 내가 내 인생의 모든 방식을 바꾸고 저 청년이 하겠다고 제안한 일을 한다면 삶이 더 나아지지 않을까 생각하곤 합니다. 말하자면 제 아내와 아이들에 대한 근심을 멈추고 제 영혼에 대해 생각하기 시작하는 거지요. 사도 바울로가 '결혼한

남자는 어떻게 하면 자기 아내를 기쁘게 할 수 있을까에 마음을 쓰지만, 결혼하지 않은 남자는 어떻게 하면 주님을 기쁘게 해 드릴 수 있을까에 마음을 쓴다.'고 말한 것도 이유가 없지는 않습니다."

하지만 남자가 말을 끝내기도 전에 그 자리에 있던 그의 아내와 모든 여자들이 그를 공격하기 시작했다.

"좀 더 일찍 그런 생각을 했어야지요."

중년을 넘긴 한 여자가 말했다.

"당신은 이미 멍에를 썼고, 따라서 당신의 짐을 끌어야 해요. 모든 사람은 자신의 가족을 부양하고 먹여 살리는 일이 힘든 것처럼 보일 때 그처럼 어디론가 훌쩍 떠나서 자신의 영혼을 구하고 싶다고 말할 거예요. 그건 그릇되고 비겁한 일이죠. 그렇고말고요! 남자는 자신의 가족과 함께 신을 공경하는 방식으로 살아가야 합니다. 물론 당신 혼자서 당신 자신의 영혼을 구하는 일이 쉬울 테지요. 하지만 그렇게 행동하는 건 그리스도의 가르침에 어긋나는 일이 될 거예요. 신은 우리에게 다른 사람을 사랑하라고 명하셨어요. 허나 그런 방식이라면 당신은 신의 이름으로 다른 이들을 성나게 하는 거예요. 그건 아닙니다. 결혼한 남자는 자신의 분명한 책임이 있고, 그 책임을 회피해선 안 돼요. 당신의 가족들이 이미 자립한 상태라면 문제는 다르지만, 자신의 가족을 강제할 권리는 그 누구에게도 없어요."

하지만 말을 했던 중년의 남자는 동의하지 않았다.

"저는 제 가정을 버리고 싶지 않습니다. 제가 말하는 건 제 아이들이 바로 우리가 지금 말하고 있는 것처럼 세속적인 방식이나 자신들만의 즐거움을 위해 살도록 성장해서는 안 되며, 어릴 때부터 궁핍과 노동, 다른 이들에 대한 봉사에 익숙해지고 그리고 무엇보다 모든 사람들과 한형제처럼 살아가도록 성장해야 된다는 뜻입니다. 또 그렇게 하기 위해 우리의 부와 특성을 포기해야 한다는 것입니다."

"당신 자신이 신을 공경하며 살지 않는다고 해서 다른 사람들을 혼란하게 만들 필요는 없어요."

남자의 아내가 짜증스럽게 소리쳤다.

"당신은 젊었을 때 당신 자신의 즐거움을 위해 살았어요. 그래 놓고 왜 당신의 아이들과 가족을 괴롭히고 싶어하는 거죠? 아이들이 평온하게 자라도록 그대로 놔두세요. 그리고 나중에 당신의 강요 없이 본인들이 원하는 대로 살도록 내버려 둬요!"

그녀의 남편은 침묵했지만, 나이가 지긋한 한 남자가 그를 변호하며 말했다.

"결혼해서 자신의 가족을 어떤 안락함에 익숙하도록 만든 남자는 갑자기 가족들에게서 그 안락함을 빼앗을 수 없다는 걸 인정합니다. 아이들을 교육시키기 시작하면 모든 것을 중단하기보다 그것을 끝내는 게 더 낫다는 건 사실이지요. 특히 아이들은 자라서 자신들을 위해 최선이라고 생각되는 길을 선택할 테니까요. 저는 가족이 있는 남자가 죄를 짓지 않고 자신의 삶의 방식을 바꾸기란 어려운 일이며, 심지어 불가능하다는 데 동의합니다. 하지만 우리 같은 늙은이들에게 그건 신이 명하시는 일이지요. 제 이야기를 하도록 하겠습니다. 저는 지금 의무에서 완전히 벗어나서 살고 있습니다. 사실대로 말하자면 그저 제 배만을 채우고 있지요. 먹고, 마시고, 자고, 그래서 제 자신이 혐오스럽고 역정이 날 정도랍니다. 따라서 이제 그런 생활을 그만두고, 재산을 내놓은 뒤, 적어도 죽기 전에 신이 명하신 그리스도인의 삶을 짧게나마 살 때가 된 것입니다."

하지만 다른 사람들은 노인의 말에 수긍하지 않았다. 노인의 조카딸이자 대녀(代女)인 여자도 그 자리에 있었는데, 노인은 그녀의 모든 아이들의 대부(代父)였으며 축일 때마다 아이들에게 선물을 주었다. 노인의 아들 또한 그곳에 있었다. 두 사람 모두 항의했다.

"아니요, 아버지는 평생 일하셨고 이제 쉬실 때지 스스로 수고하실 때가 아닙니다. 아버진 어떤 정해진 습관에 따라 60년을 살아오셨고 지금 그것들을 바꾸려고 해서는 안 돼요. 그건 단지 스스로를 헛되이 괴롭히는 일이 될 거예요."

"네, 맞아요."

노인의 조카딸이 말했다.

"빈곤하고 건강이 나빠지고, 또 불평하면서 전보다 더 죄를 짓게 되실 거예요. 신은 자비로우시니까 모든 죄인을 용서하실 거예요. 숙부님처럼 나이 든 사람은 말할 것도 없고요!"

"맞소, 당신이 왜 그래야 합니까?"

동년배의 다른 노인이 덧붙여 말했다.

"당신과 나는 어쩌면 살날이 단 며칠밖에 안 남았을지도 모르는데, 왜 새 삶을 시작해야 하지요?"

"참으로 이상한 일이군요!"

지금까지 침묵하고 있던 손님들 중의 한 사람이 외쳤다.

"참으로 이상한 일이에요! 우리 모두 신이 우리에게 명하신 대로 사는 게 좋고, 우리가 그릇되게 살고 있으며, 육신과 영혼이 고통 받고 있다고 말합니다. 하지만 정작 행(行)하는 일에 관해서라면, 아이들은 혼란스러워서는 안 되며 신의 뜻에 순종하는 방식이 아니라 이전의 방식으로 성장해야 합니다. 결혼한 남자는 아내와 아이들을 혼란에 빠뜨려서는 안 되며 신의 뜻에 순종하는 방식이 아니라 이전의 방식으로 살아야 합니다. 그리고 노인들은 아무것도 시작할 필요가 없어요. 새로운 것에 익숙하지도 않을 뿐더러 앞으로 살날이 얼마 남지 않았으니까요. 고로 우리 중 그 누구도 올바르게 살 것 같지가 않군요. 우린 오직 그것에 대해 이야기만 할 뿐이니까요."

1893년

빛이 있는 동안 빛 속을 걸어가라

초기 그리스도교 시대의 이야기

그 일은 그리스도가 태어나고 백 년이 지난 후 로마 황제 트라야누스가 다스릴 때 일어났다. 당시에는 그리스도 사도들의 제자들이 아직 살고 있었고 그리스도인들은 「사도행전」에서 말하는 것처럼 그리스도의 법을 굳게 지켰다.

그 많은 신도들이 다 한마음 한뜻이 되어 아무도 자기 소유를 자기 것이라고 하지 않고 모든 것을 공동으로 사용하였다. 사도들은 놀라운 기적을 나타내며 주 예수의 부활을 증언하였고 신도들은 모두 하느님의 크신 축복을 받았다. 그들 가운데 가난한 사람은 하나도 없었다. 땅이나 집을 가진 사람들이 그것을 팔아서 그 돈을 사도들 앞에 가져다 놓고 저마다 쓸 만큼 나누어 받았기 때문이다.

「사도행전」 제4장 32~35절

1

그 초기 시대 길리기아 지방의 다소라는 도시에 한 부유한 시리아 상인이 살았다. 이름은 쥬베날이었으며 보석을 사고파는 일을 했다. 쥬베날은 출신이 가난하고 비천했지만, 근면과 장사 수완으로 부(富)를 얻고 같은 도시에 사는 사람들로부터 존경을 받았다. 쥬베날은 다른 나라를 많이 여행했고, 비록 배운 것은 없어도 많은 것을 알고 이해하게 되었으며, 사람들은 그의 능력과 성실함을 높이 샀다. 쥬베날은 로마 제국의 모든 훌륭한 시민들이 신봉하는 로마의 이교(異敎) 신앙을 믿는다고 공언했다. 그 종교적 의식은 아우구스투스 황제 때부터 엄격하게 시행되었고, 트라야누스 황제에 의해 여전히 고수되고 있었다. 길리기아는 로마에서 멀리 떨어져 있었지만 로마 통치자들의 지배를 받았고, 로마에서 행해지는 모든 것들이 길리기아에 그대로 반영되었다. 길리기아의 지배자들은 로마 황제를 모방했다.

쥬베날은 네로가 로마에서 했던 일들에 대해 어린 시절에 들었던 이야기를 기억하고 있었고, 나중에 로마 황제들이 차례차례 어떻게 멸망했는지 보았다. 쥬베날은 영리했기 때문에 로마 종교가 전혀 신성(神聖)하지 않으며, 모두 인간에 의해 만들어진 것임을 알게 되었다. 하지만 명민했기 때문에 기존 질서를 거스르는 일은 이롭지 않으며, 자신의 평안을 위해서 그것에 따르는 편이 낫다는 걸 알았다. 하지만 주위에서 보이는 삶의 무분별함과 어리석음, 특히 장사를 위해 수차례 갔던 로마에서 벌어지는 일들은 종종 그를 당혹스럽게 만들었다. 쥬베날은 의문을 품었지만 그것을 모두 풀 수 없었고, 그 이유를 자신의 학식이 부족한 탓으로 돌렸다.

쥬베날은 결혼해서 네 아들을 낳았지만, 그중 셋은 어렸을 때 죽고 오직 줄리어스 하나만 남게 되었다.

쥬베날은 줄리어스에게 자신의 모든 사랑과 관심을 쏟았다. 특히 아들을 교육시켜서 자신처럼 삶에 관한 당혹스런 의문들로 괴로워하지 않기를 원했다. 줄리어스가 열다섯 해를 보냈을 때 쥬베날은 아들을 그들이 사는 도시에 정착해서 젊은이들을 받아 교육을 시키는 한 철학자에게 맡겼다. 쥬베날은 아들과 함께 아들의 친구이자 자신이 해방시킨 노예의 아들인 팜필리우스를 그 철학자에게 보냈다.

두 청년은 나이가 같고 똑같이 잘생긴 동무였다. 둘 다 부지런히 공부했으며 둘 다 행실이 발랐다. 줄리어스는 시와 수학 공부에서 좀 더 뛰어났고, 팜필리우스는 철학 공부에서 두드러졌다. 공부를 마치기 일년 전, 팜필리우스가 어느 날 스승에게 자신의 홀어머니가 다프네라는 도시로 떠나게 되었으며, 따라서 학업을 그만둬야 한다고 말했다.

스승은 자신이 아끼는 제자를 잃게 되어 서운해했고, 쥬베날

역시 서운해했지만, 가장 섭섭해한 사람은 줄리어스였다. 하지만 어떤 것도 팜필리우스를 남게 할 수 없었고, 팜필리우스는 친구들에게 그들의 우정과 관심에 감사를 표한 뒤 작별 인사를 하고 떠나갔다.

두 해가 지났다. 줄리어스는 학업을 마쳤으며 그동안 한 번도 팜필리우스를 만나지 못했다.

그러던 어느 날 줄리어스는 거리에서 팜필리우스를 만났고, 자신의 집에 초대한 뒤 어디에서 어떻게 살고 있는지 묻기 시작했다. 팜필리우스는 줄리어스에게 자신과 자신의 어머니가 여전히 똑같은 곳에서 살고 있다고 말했다.

"어머니와 난 단둘이 살고 있지 않아."

팜필리우스가 말했다.

"많은 친구들과 함께 살면서 모든 걸 공유하고 있어."

"공유하다니?"

줄리어스가 물었다.

"그러니까 우리 중 누구도 어떤 걸 자신의 것이라고 여기지 않는다는 거야."

"왜 그렇게 하는데?"

"우린 그리스도인이거든."

"그게 가능해?"

줄리어스가 외쳤다.

"난 그리스도인들이 아이들을 죽여서 먹는다는 얘기를 들었어! 네가 그런 사람들과 함께 산다는 게 말이 돼?"

당시에 그리스도인이 된다는 것은 우리 시대에 무정부주의자가 되는 일과 같았다. 그리스도인으로 유죄를 선고받자마자 곧바로 감옥에 보내졌으며, 만약 그리스도교 신앙을 포기하지 않으면 처형당했다.

"와서 봐. 우린 어떤 이상한 일도 하지 않아. 나쁜 일은 하나도 하지 않으려고 노력하면서 소박하게 살고 있어."

팜필리우스가 대답했다.

"하지만 어떤 것도 내 소유가 아니라고 생각하면서 어떻게 살 수 있지?"

"살 수 있어. 우리가 우리의 형제를 위해서 일하면 형제들도 우리를 위해 똑같이 일하니까."

"하지만 네 형제들이 네 노동을 취하기만 하고 그들의 노동을 돌려주지 않으면?"

"그런 일은 절대로 없어."

팜필리우스가 말했다.

"그런 사람들은 호사스럽게 사는 걸 좋아해서 우리한테 오지 않을 테니까. 우리 생활은 검소하고 사치스럽지 않아."

"그렇지만 아무 일도 안 하면서 받아먹으려고만 하는 게으른 사람들이 많잖아."

"그런 사람들이 있지. 그리고 우린 그들도 기꺼이 받아들여. 최근에 그런 부류의 남자 하나가 우리에게 왔어. 도망친 노예인데, 처음엔 정말 게으름 부리고 나쁜 생활을 했지만 곧 습관을 바꾸고 이제 좋은 형제가 되었어."

"만약 겉모습만 그런 거라면?"

"그런 사람들도 있지. 우리의 장로(長老)인 시릴은 우리가 그들을 가장 소중한 형제처럼 대하고, 더욱더 사랑해야 한다고 말씀하셔."

"쓸모없는 사람을 어떻게 사랑할 수 있어?"

"인간은 인간을 사랑할 수밖에 없거든!"

"하지만 다른 사람들이 원하는 걸 어떻게 모두 내줄 수가 있지?"

줄리어스가 물었다.

"만약 우리 아버지가 달라는 사람에게 모두 내주신다면, 얼마 못 가 아무것도 남지 않게 되실 거야."

"그것에 대해선 잘 모르겠어."

팜필리우스가 대답했다.

"우리에겐 필요한 것들이 충분히 있고, 혹 먹을 거나 입을 게 아무것도 없는 일이 생기면 다른 이들에게 부탁해. 그럼 그들이 우리에게 주지. 하지만 그런 일은 좀처럼 생기지 않아. 딱 한 번 내가 저녁을 못 먹고 잠자리에 든 적이 있었는데, 그때는 몹시 피로해서 먹을 것을 구하러 나가고 싶지가 않았어."

"네가 어떻게 생활하는지 난 모르겠어. 하지만 우리 아버지는 가지고 있는 것을 남겨 놓지 않고, 또 달라는 사람에게 모두 내주게 되면 굶어서 죽게 된다고 말씀하셔."

"우리는 그렇지 않아! 와서 봐. 우린 생활하고 있고, 가난으로 고통 받지 않을 뿐더러 심지어 나눌 게 많이 있어."

"어떻게 그래?"

"자, 들어 봐. 우리 모두 완전히 같은 신앙을 고백하지만, 그 믿음을 이행(履行)하는 힘은 모두가 달라. 그 힘이 더 많은 사람이 있고, 더 적은 사람이 있지. 인생의 참된 길에서 저만치 앞서 나간 사람이 있는가 하면, 이제 막 출발하는 사람이 있어. 우리 앞에는 그리스도가 서 있고, 우리 모두 그를 닮기 위해 애쓰며 그 안에서만 우리의 행복을 보는 거야. 우리 중에는 시릴과 그의 아내 펠라지아처럼 가르치고 이끄는 이들이 있고, 다른 사람들은 그들 뒤에 서 있어. 또 훨씬 더 뒤쪽으로 다른 사람들이 서 있지만, 우린 모두 같은 길을 따르고 있는 거야. 맨 앞에 서 있는 사람들은 이미 그리스도 법의 이행에 가까이 가 있어서, 자기 자신을 포기하고 그것을 구하기 위해 목숨을 버릴 준비가 되어 있어. 그들은 아무것도 바라지 않아. 수고를 아끼지 않고, 그리스도의 법에 따라 그들이 가지고 있는 마지막 것까지 원하는 이들에게 내어줄 준비가 되어 있어. 다른 사람들은 그들보다 나약해. 그들은 생각이 흔들리고, 늘 있던 옷과 음식이 부족하면 스스로를 불쌍히 여기지. 그리고 모든 것을 내주지는 않아. 그리고 최근에야 그 길을 걷기 시작한, 더욱더 나약한 사람들이 있어. 이들은 여전히 예전의 방식대로 살면서 자신들을 위해 많은 것들을 간직하고, 그들에게 없어도 좋은 것들만 남에게 주지. 맨 앞에 서 있는 사람들에게 가장 큰 물질적 도움을 주는 이들이 바로 이 맨 뒤에 서 있는 사람들이야. 그리고 우리 모두 이교도들과 친족 관계로 얽혀 있지. 한 남자의 아버지는 재산이 있는 이교도로 그 재산을 아들에게 주었어. 아들은 그것을 원하는 사람들에게 내주지만, 그 아버진 아들에게 다시 재산을 주지. 두 번째 사람은 어머니가 이교도인데, 아들을 불쌍히 여기고 돕고 있어. 세 번째 사람은 이교도인 자식들을 둔 어머니인데, 자식들이 어머니를 보살피며 필요한 것들을 주고, 그걸 남에게 내주지 말라고 간절히 말해. 그 어머닌 자식들이 주는 걸 그들에 대한 사랑으로 고맙게 받지만, 여전히 다른 이들에게 내주고 있어. 네 번째 사람은 아내가 이교도이고 다섯 번째 사람은 남편이 이교도야. 이렇게 우리 모두가 얽혀 있고, 따라서 맨 앞에 서 있는 사람들은 기꺼이 모든 것을 내주려고 해도 그렇게 할 수가 없는 거야. 이게 바로 우리의 삶이 믿음이 약한 사람에게도 너무 힘들지 않고, 또 우리에게 나눠 줄 수 있는 것들이 계속 생겨나는 이유야."

이에 줄리어스가 말했다.

"하지만 그렇다고 한다면, 그리스도의 가르침을 진정으로 따르는 게 아니야. 단지 그러는 체할 뿐이지. 모든 것을 포기하지 않는다면 너희와 우린 다를 게 하나도 없어. 내 생각에 그리스도인이라고 한다면 그리스도의 법을 온전히 이행해야 해. 모든 것을 포기하고 극빈자가 되어야 해."

"그게 가장 좋은 걸 거야."

팜필리우스가 말했다. "왜 너는 그렇게 하지 않아?"

"네가 하는 걸 보면 할 거야."

"우리는 보이기 위해 어떤 일을 하지는 않아. 그리고 너한테도 우리에게 와서 체면상 현재의 네 삶의 방식을 포기하라고 충고하는 게 아니야. 우리는 보이기 위해서가 아니라, 우리의 믿음에 따라서 행동하니까."

"'우리의 믿음을 따른다.'는 게 무슨 뜻이야?"

"'우리의 믿음을 따른다.'는 건 세상의 악과 죽음으로부터의 구원이 오직 그리스도의 가르침을 따르는 삶에 있다는 뜻이야. 우리는 사람들이 우리에 대해 뭐라고 말하든 신경 쓰지 않아. 우린 인간의 승인을 얻기 위해 행동하지 않으니까. 하지만 그렇기 때문에 그 안에서 삶과 행복을 보는 거야."

"자기 자신을 위해 살지 않는다는 건 불가능해."

줄리어스가 말했다.

"다신교의 신들은 우리가 타인보다 우리 자신을 더 많이 사랑하고 우리 자신을 위해 즐거움을 추구한다고 생각하도록 만들었어. 너도 그렇게 하고 있지. 너 스스로 너희들 중에 스스로를 불쌍히 여기는 사람들이 있다고 말하잖아. 그들은 점점 더 그들 자신을 위해 즐거움을 추구할 거야. 그리고 점차 너희의 믿음을 버리고 우리와 똑같이 행동하게 될 거라고."

"그렇지 않아. 우리 형제들은 다른 길을 여행하는 중이고, 약해지는 대신 더한층 강해질 거야. 그건 더 많은 땔나무를 지필 때 불이 절대 꺼지지 않는 것과 똑같지. 그게 바로 우리의 믿음이야."

"너희의 믿음이란 게 뭔지 난 이해하지 못하겠어!"

"우리의 믿음은 그리스도가 우리에게 설명하신 대로 우리가 인생을 이해한다는 데 있어."

"어떻게 그래?"

"그리스도는 이런 비유(比喩)담을 들려주셨지. 어떤 사람들이 포도원을 가꾸면서 그 주인에게 소작료를 내야 했어. 바꿔 말해서, 세상에 살고 있는 우리 인간은 하느님의 뜻에 따름으로써 하느님께 소작료를 내야 한다는 뜻이야. 그런데 이 사람들은 그들의 세속적인 믿음에 따라 포도원이 그들의 것이며, 소작료를 낼 필요가 없고, 단지 그 열매를 즐기기만 하면 된다고 생각했지. 주인이 심부름꾼을 보내 소작료를 거두려고 했지만, 그들은 심부름꾼을 쫓아 버렸어. 그다음엔 주인이 자신의 아들을 보냈는데, 그들은 아들을 죽이면서 이제 앞으로 아무도 자신들을 방해하지 않을 거라고 생각했어. 이건 삶이 오직 하느님을 섬기기 위해 우리에게 주어졌다는 것을 인정하지 않는 모든 속인(俗人)들의 믿음이야. 하지만 그리스도는 심부름꾼과 주인의 아들을 포도원에서 내쫓고 소작료를 지불하지 않으면 인간에게 더 좋을 것이라는 이 세속적인 믿음이 그릇된 거라고 우리에게 가르치셨어. 왜냐하면 소작료를 지불하지 않으면 포도원에서 쫓겨날 수밖에 없는 게 엄연한 사실이니까. 또한 그리스도는 먹는 것, 마시는 것, 흥겹게 떠드는 것 등 우리가 즐거움이라고 부르는 모든 것들은 만약 우리가 우리의 삶을 그것들에 바친다면 즐거움이 될 수 없다고 가르치셨어. 우리가 오직 하느님의 뜻에 순종하는 삶을 추구할 때만 즐거움이 될 수 있다고 말씀하셨지. 즐거움이란 하느님의 뜻을 이행하는 데 뒤따르는 자연스러운 보상일 뿐이라고 말이야. 하느님의 뜻을 이행하려는 수고 없이 즐거움을 누리길 바라는 건, 즉 즐거움을 의무에서 억지로 떼어 놓는 건 꽃을 꺾어서 뿌리 없이 심는 것과 마찬가지인 거지. 우리는 이걸 믿기 때문에 진실을 보면 잘못을 따를 수가 없어. 우리의 믿음은 생의 '선'이 그 즐거움에 있지 않다는 것, 그리고 현재나 미래의 즐거움에 대한 생각 없이 하느님의 뜻을 이행하는 데 있어. 그리고 더 오래 살수록 즐거움과 선이 마치 수레바퀴가 그 채를 따르듯 하느님의 뜻을 이행하는 결과로 생겨난다는 걸 더 많이 보게 될 거야. 그리스도는 '고생하며 무거운 짐을 지고 허덕이는 사람은 다 나에게로 오너라. 내가 편히 쉬게 하리라. 나는 마음이 온유하고 겸손하니 내 멍에를 메고 나에게 배워라. 그러면 너희의 영혼이 안식을 얻을 것이다. 내 멍에는 편하고 내 짐은 가볍다.'라고 말씀하셨어."

그렇게 팜필리우스는 말을 맺었다. 줄리어스는 경청했고 마음이 동했지만, 팜필리우스가 한 말은 그에게 명확히 와 닿지 않았다. 처음에는 팜필리우스가 자신을 속이고 있는 것 같았지만, 친구의 호의적인 눈을 들여다보고 난 뒤 그의 선량함을 기억해 냈고, 팜필리우스가 스스로를 속이고 있는 것으로 생각되었다.

팜필리우스는 줄리어스에게 자신들이 어떻게 사는지 보러 오라고 청했으며, 줄리어스만 좋다면 그곳에서 함께 살자고 권했다.

줄리어스는 약속했지만 팜필리우스를 만나러 가지 않았고, 자신의 일에 몰두한 채 팜필리우스에 대해 잊어버렸다.

2

줄리어스의 아버지는 부유했고, 자신의 유일한 아들을 사랑하고 자랑으로 여겼기 때문에 아끼지 않고 돈을 주었다. 줄리어스는 여느 부유한 젊은이들처럼 게으름과 사치, 방탕한 유희에 젖어 살았다. 이런 생활은 변함없이 계속되었고 여전히 술과 도박, 행실이 나쁜 여자들 속에 묻혀 있었다.

그러나 줄리어스가 빠진 쾌락은 점점 더 많은 돈을 필요로 했고, 줄리어스는 자신이 가진 돈이 충분하지 않다고 느끼기 시작했다. 하루는 줄리어스가 아버지에게 평상시에 받던 것보다 많은 돈을 요구했다. 아버지는 줄리어스가 요구하는 대로 주었지만, 아들을 꾸짖었다. 줄리어스는 자신의 잘못을 느끼면서도 인정하고 싶지가 않았고, 자신의 잘못을 알지만 그것을 시인하기 싫어하는 사람들이 언제나 그러하듯 화가 나자 아버지에게 무례하게 굴었다.

줄리어스가 아버지에게 받은 돈은 곧 모두 없어졌다. 그리고 바로 그때 줄리어스와 술 취한 그의 친구가 언쟁에 말려들어 사람을 죽이는 일이 발생했다. 시(市) 장관은 그 이야기를 듣고 줄리어스를 체포하려고 했지만, 줄리어스의 아버지가 나서서 아들의 사면을 얻어 냈다. 이제 줄리어스는 방탕한 생활을 위해 더욱더 많은 돈이 필요했고, 이번에는 친구에게 돈을 빌리며 갚겠다고 약속했다. 게다가 줄리어스의 정부(情婦)는 선물을 요구했다. 그녀는 진주 목걸이에 마음을 빼앗기고 있었고, 줄리어스는 만약 자신이 그녀의 욕망을 충족시켜 주지 못하면 그녀가 자신을 버리고 오랫동안 그녀를 유혹하고 있는 다른 부유한 남자

에게 갈 거라는 걸 알고 있었다.

줄리어스는 어머니를 찾아가 자신에게 얼마의 돈이 꼭 필요하며, 그 돈을 받을 수 없다면 자살하고 말겠다고 말했다. 줄리어스는 자신이 그런 처지에 놓이게 된 이유를 자기 자신이 아닌 아버지의 탓으로 돌렸다. 줄리어스가 말했다.

"아버지는 저를 사치스러운 생활에 익숙하도록 만들어 놓고 돈 주기를 아까워하기 시작하셨어요. 애초에 나무라지 않고 돈을 주셨다면, 전 적절하게 생활을 유지했을 테고 이렇게 경제적으로 곤란한 일은 없었을 거예요. 아버지가 한 번도 돈을 충분히 준 적이 없기 때문에 전 대금업자에게 갈 수밖에 없었고, 그 사람들은 저에게서 모든 걸 짜냈어요. 이제 전 부유한 젊은이에게 걸맞은 생활을 할 수 있는 돈이 한 푼도 없고, 친구들 사이에서도 얼굴을 들 수 없게 돼 버렸어요. 그런데 아버진 어떤 것도 이해하려고 하지 않으시죠. 아버지는 당신도 젊은 시절이 있었다는 걸 잊고 계세요. 아버지가 절 이런 상태로 만드셨고, 이제 와서 제가 요구하는 것을 주시지 않겠다면 죽어 버리고 말겠어요."

아들을 버릇없게 기른 그 어머니는 남편에게 갔고, 쥬베날은 아들을 불러 아들과 아내를 모두 호되게 질책하기 시작했다. 줄리어스는 아버지에게 무례하게 응대했고 쥬베날은 아들을 때렸다. 줄리어스가 아버지의 팔을 잡자, 쥬베날이 큰 소리로 노예를 불러 아들을 묶어다가 가두라고 명령했다.

줄리어스는 홀로 남겨졌고, 아버지와 자신의 인생을 저주했다.

현재의 처지에서 벗어나는 유일한 방법은 자신이 아니면 아버지의 죽음뿐인 것으로 생각되었다.

줄리어스의 어머니는 줄리어스보다 더욱 고통을 받았다. 그녀는 그 모든 일에 대한 책임이 누구에게 있는지 알려고 하지 않았다. 오직 사랑하는 아들을 불쌍히 여길 뿐이었다. 그녀는 다시 남편을 찾아가 아들을 용서해 달라고 애원했지만, 남편은 그녀의 말을 들으려 하지 않았고 아들을 잘못 키웠다며 그녀를 비난했다. 그녀 역시 남편을 비난했고, 결국 쥬베날이 아내를 때리는 것으로 끝이 났다. 하지만 줄리어스의 어머니는 이 일을 무시하고 아들에게 가서, 아버지께 용서를 구하고 아버지가 원하는 대로 하겠노라고 빌도록 설득했다. 그렇게 한다면 자신이 남편의 돈을 몰래 꺼내 필요한 만큼 주겠다고 약속했다. 줄리어스는 동의했고, 줄리어스의 어머니가 다시 남편에게 가서 아들을 용서해 달라고 거듭 청했다. 쥬베날은 아내와 아들을 오랫동안 책망했지만, 만약 줄리어스가 방탕한 생활을 청산하고 자신이 몹시 마음에 두고 있는 한 부유한 상인의 딸과 결혼한다면 용서해 주기로 결정했다.

"줄리어스는 나에게서 돈을 받는 것은 물론이고 아내의 지참금도 갖게 될 거요."

쥬베날이 말했다.

"그런 다음에 제대로 된 생활을 하게 만드는 거요. 줄리어스가 내 말에 따르겠다고 약속하면 용서해 주겠지만, 당장은 아무것도 주지 않을 거요. 그리고 또다시 죄를 지으면 시 장관에게 넘겨 버리겠소."

줄리어스는 아버지의 조건을 받아들이기로 하고 풀려났다. 결혼을 하고 나쁜 생활을 정리하겠다고 약속했지만, 속으로는 전혀 그럴 생각이 없었다.

집에서의 생활은 이제 줄리어스에게 감옥과도 같았다. 줄리어스의 아버지는 그와 말을 하지 않았고 아들 문제로 아내와 다투었으며, 줄리어스의 어머니는 눈물을 흘렸다.

어느 날 줄리어스의 어머니가 줄리어스를 자신의 방으로 불렀다. 그리고 남편의 방에서 가져온 보석 하나를 몰래 아들에게 건넸다.

"이걸 갖고 여기가 아닌 다른 도시에 가서 팔거라. 그리고 그 돈으로 네가 해야 할 일을 해. 당분간은 보석이 없어진 걸 숨길 수 있고, 만일 네 아버지가 알게 되면 그 책임을 노예에게 씌울 거란다."

어머니의 말에 줄리어스는 가슴이 미어졌다. 줄리어스는 어머니가 저지른 일에 혐오감을 느꼈고, 보석을 그대로 놔둔 채 집을 나왔다.

줄리어스는 자신이 어디로, 혹은 무슨 목적으로 가고 있는지 알지 못했다. 시내를 벗어나 걷고 또 걸으면서 자신이 혼자 있어야 한다고 느꼈고, 그동안 자신에게 일어난 일들과 또 자신을 기다리고 있을 모든 일들에 대해 생각했다. 더욱더 멀리 나아갔고, 마침내 디아나 여신의 신성한 나무숲에 이르렀다. 그 한적한 곳에서 줄리어스는 생각하기 시작했다. 맨 처음 떠오른 생각은 여신의 도움을 구하는 일이었다. 하지만 줄리어스는 더 이상 신들을 믿지 않았으며, 그들에게서 도움을 기대할 수 없다는 걸 알고 있었다. 그들에게서가 아니라고 한다면, 누구로부터?

스스로 자신의 처지를 곰곰이 생각하는 일은 줄리어스에게 너무 낯설게 느껴졌다. 마음속이 온통 어둡고 혼란스러웠다. 하지만 달리 할 수 있는 일이 아무것도 없었다. 줄리어스는 자신의 양심에 귀를 기울여야 했고, 자신의 삶과 행동을 양심에 비추어 생각하기 시작했다. 두 가지 모두 나쁘게 비춰졌고, 무엇보다 어리석었다. 왜 이렇게 스스로를 괴롭혔을까? 왜 자신의 젊은 날을 그런 식으로 망쳐 버렸을까? 그것은 줄리어스에게 거의 행복을 가져다주지 않고, 많은 슬픔과 불행을 초래했다. 줄리어스는 자신이 혼자라고 느꼈다. 이전에는 자신을 사랑하는 어머니와 아버지, 친구들이 있었지만 지금은 아무도 없었다. 아무도 그를 사랑하지 않았다! 줄리어스는 그들 모두에게 짐이었다. 자신을 아는 모든 사람들에게 고통의 원인이 되어 있었다. 어머니에게 그는 아버지와 불화하게 만드는 원인이었다. 아버지에게 그는 평생의 노동으로 모은 재산을 낭비하는 방탕아였다. 친구들에게 그는 위험하고 마음에 들지 않는 경쟁자였다. 그들은 모두 줄리어스의 죽음을 바라고 있는 게 틀림없었다.

줄리어스는 자신의 삶을 되돌아보면서 팜필리우스와 팜필리우스와의 마지막 만남, 그리고 팜필리우스가 자신을 그리스도인들이 사는 그곳으로 초대했던 일을 기억해 냈다. 줄리어스는 집으로 돌아가는 대신 곧장 그리스도인들에게 가서 그들과 함께 사는 일을 떠올렸다.

그러나 줄리어스는 자신의 처지가 그렇게 절망적일까 의심이 들었다. 다시 한 번 자신에게 일어난 모든 일을 반추했고, 다시 한 번 아무도 자신을 사랑하지 않으며 자신 역시 아무도 사랑하지 않는다는 생각에 몸서리를 쳤다. 어머니와 아버지, 친구들은 자신을 걱정하지 않았고 자신이 죽기를 바라는 게 틀림없었다. 하지만 자신이 정말 아무도 사랑하지 않았을까? 친구들? 줄리어스는 그들 중 누구도 사랑하지 않는다고 느꼈다. 친구들은 모두 자신의 경쟁자였고, 지금 곤란에 빠진 자신을 몰인정하게 대할 것이었다. 아버지는? 질문을 떠올렸을 때 줄리어스는 공포에 사로잡혔다. 자신의 마음속을 들여다보고 자신이 아버지를 사랑하지 않을 뿐만 아니라, 자신을 가두고 모욕을 준 아버지를 심지어 증오하고 있다는 걸 발견했다. 줄리어스는 아버지를 증오했으며, 그 이상으로 아버지의 죽음이 자신의 행복을 위해 반드시 필요하다고 생각했다.

"만약에 내가 그 일을 아무도 모르게, 혹은 아무도 눈치 채지 못하게 하는 방법을 알고 있다면? 만약에 내가 지금 당장, 단 한 번에 아버지의 목숨을 끊고 나를 자유롭게 할 수 있다면, 어떻게 해야 하지?"

줄리어스가 자신의 물음에 스스로 답했다.

"아버지를 죽여야 해!"

그 대답은 줄리어스를 전율하게 만들었다.

"어머니는? 어머니에겐 죄송하지만 난 어머니를 사랑하지 않아. 어머니가 어떻게 되든 내겐 다 똑같아. 내게 필요한 건 어머니의 도움뿐이야……. 난 짐승이야, 비참하고 겁에 질린 짐승. 내가 짐승과 유일하게 다른 건 내 자신의 의지로 이 그릇되고 사악한 인생을 끝낼 수 있다는 거야. 난 짐승이 할 수 없는 일을 할 수 있어. 바로 자살이지. 난 아버지를 증오해. 내가 사랑하는 사람은 아무도 없어…… 내 어머니도 친구들도……. 어쩌면, 팜필리우스만을 제외하고?"

줄리어스는 또다시 자신에 대해 생각했다. 팜필리우스와의 마지막 만남과 함께 나눴던 대화, 그리고 '고생하며 무거운 짐을 지고 허덕이는 사람은 다 나에게로 오너라. 내가 편히 쉬게 하리라.'는 그리스도의 말을 상기했다. 그게 사실일까?

줄리어스는 계속해서 생각했고, 팜필리우스의 온화하고 두려

움을 모르는 행복한 얼굴을 떠올리면서 그가 했던 말들을 믿고 싶어졌다.

"정말로 나는 뭐지? 나는 누구지? 행복을 추구하는 인간. 나는 내 욕망에서 행복을 추구했지만 찾지 못했어. 그리고 과거의 나처럼 사는 모든 사람들은 행복을 찾지 못해. 그들 모두 사악하고 고통 받고 있으니까. 하지만 아무것도 요구하지 않기 때문에 늘 기쁨으로 충만한 사람이 있어. 그는 자신과 같은 사람들이 많이 있으며, 그들의 주(主)를 따르면 모든 사람이 그렇게 될 거라고 말하지. 그게 사실이라면? 사실이건 아니건 난 마음이 끌리고 있고, 그곳에 가겠어."

그렇게 줄리어스는 스스로에게 말했고, 집이 아닌 그리스도인들이 살고 있는 마을로 가겠다고 결심하면서 나무숲을 떠났다.

3

줄리어스는 활기차고 즐겁게 길을 따라 걸었다. 멀리 갈수록 팜필리우스가 했던 모든 말을 상기하면서 그리스도인의 삶을 살아가는 자신의 모습을 더욱 생생히 상상했고, 더욱 행복해졌다. 태양은 이미 저녁을 향해 기울고 있었고, 줄리어스는 쉬고 싶었다. 그때 길가에 앉아 식사를 하고 있는 한 남자를 보게 되었다. 중년의 나이에 지적인 얼굴이었고, 그곳에 앉아 올리브 열매와 납작한 빵을 먹고 있었다. 그가 줄리어스를 보자마자 웃으면서 말했다.

"반갑소, 젊은이! 길이 아직 머니, 앉아서 쉬어 가시오."

줄리어스는 고맙다고 말한 뒤 자리에 앉았다.

"어디로 가는 길이오?"

그 낯선 이가 물었다.

"그리스도인들에게 갑니다."

줄리어스가 말했다. 그리고 점차 자신의 모든 삶과 결정에 대해 처음 만난 남자에게 자세히 이야기했다.

그 낯선 이는 주의 깊게 듣고 있다가, 자신의 의견은 말하지 않고 좀 더 상세히 물어봤다. 그리고 줄리어스가 말을 마치자 남은 음식을 작은 주머니에 쌌고, 옷깃을 여미고 나서 말했다.

"젊은이, 젊은이의 의도대로 따르지 마시오. 실수하게 될 거요. 나는 인생을 알지만 젊은이는 그렇지 않고, 나는 그리스도인들을 알지만 젊은이는 그렇지 않지. 들어 보시오! 내가 젊은이의 인생과 생각을 다시 정리할 테니, 내 말을 다 듣고 나면 어떤 결정이 젊은이에게 더 현명한 건지 알게 될 거요. 자네는 젊고, 부유하고, 잘생기고, 강하고, 몸에서는 열정이 끓고 있지. 자넨 그 열정이 자네를 뒤흔들지 않고 또 그 열정 때문에 생겨난 것들로 고통 받지 않을 조용한 은신처를 찾고 싶어하지. 그리고 그런 곳을 그리스도인들 사이에서 찾을 수 있다고 생각해.

하지만 젊은이, 그런 곳은 없다오. 자네를 괴롭히는 건 길리기아나 로마가 아니라 바로 자네 자신에게 있기 때문이야. 고요한 곳에 홀로 있다 해도 열정은 자네를 괴롭힐 거야. 오히려 백 배나 더 강하게 말이지. 그리스도인들의 기만(欺瞞), 아니 그들을 판단하고 싶지는 않으니 미망(迷妄)이라고 하지. 그들의 미망은 인간의 본성을 인정하지 않으려는 데 있어. 자신의 모든 열정에서 벗어난 늙은이만이 그들의 가르침을 온전히 실행할 수 있을 걸세. 허나 인생의 한창때에 있거나, 아직 인생과 자기 자신을 시험해 보지 못한 자네 같은 젊은이는 그들의 법에 따를 수가 없어. 왜냐하면 그들의 법은 인간의 본성이 아니라 무익한 사색에 근거하고 있으니까. 만약 그들에게 간다면 자넨 지금 자네를 괴롭게 만드는 것들로 더한층 고통스럽게 될 걸세. 자네의 열정은 자네를 잘못된 길로 인도하지만, 잘못된 길에 들어섰을 때는 다시 바로잡을 수가 있지. 어쨌든 자네는 욕망을 충족시켰고, 그게 인생이야. 하지만 그리스도인들 사이에서 자네의 열정을 강제로 억누르게 되면, 자넨 유사한 방식으로 더 많은 실수를 하게 될 걸세. 게다가 채워지지 않는 욕구 때문에 끊임없이 괴롭게 될 거야. 댐에서 물을 방출하면 그 물이 대지와 풀밭을 적시고 동물들의 목을 축여 주지만, 댐을 막아 버리면 물이 둑을 터뜨려서 진흙처럼 흐르게 되지. 열정도 마찬가지라네. 그리스도인들의 가르침, 물론 그 안에는 그들이 스스로를 위로하는 또 다른 삶에 대한 믿음이 있지만 그건 말하지 않겠네. 그리스도인들의 실질적인 가르침은 이러하지. 그들은 폭력을 찬성하지 않고, 전쟁이나 재판소, 재산, 과학과 예술, 또는 삶을 쉽고 즐겁게 만드는 어떤 것도 인정하지 않아.

만약 모든 인간이 그들이 묘사하는 그들의 '스승'과 같다면 그것도 꽤 좋을지 모르지. 허나 그렇지 않고 또 그렇게 될 수도 없어. 인간은 사악하고 열정의 지배를 받으니까. 열정의 유희와 그것들이 일으키는 갈등이 바로 인간이 살아가는 사회적 조건을 유지시키는 거라네. 야만인들은 속박이라는 걸 모르지. 그리고 만약 모든 인간이 그리스도인들이 하는 것처럼 한다면 그런 야만인 중 하나가 자신의 욕망을 충족시키기 위해 세상 전체를 파괴할 거야. 다신교의 신들이 인간에게 분노와 복수, 심지어 악한 이들에 대한 원한의 감정을 심어 놓았다면 그건 이런 감정들이 인간의 삶에 없어서는 안 되기 때문이야. 그리스도인들은 이런 감정들이 나쁘고, 그것들이 없으면 인간이 행복해질 것이고 살인과 처형, 전쟁이 없어질 거라고 가르치지. 그건 사실이지만, 만약 사람들이 음식을 먹지 않으면 행복해질 거라고 가정하는 것과 같아. 그렇다고 한다면 탐욕이나 굶주림, 혹은 그로 인한 어떤 재난도 사실상 없어지겠지. 하지만 그런 가정이 인간의 본성을 바꾸지는 않네. 그리고 만일 수십 명의 사람들이 그걸 믿고 정말로 음식을 먹지 않아 굶어 죽는다고 해도, 그것이 인간의 본성을 바꾸지는 못할 걸세. 인간의 다른 열정도 그것과 똑같지. 분노나 노여움, 복수심, 심지어 여자와 사치, 신들의 특색인 화려함과 장대함에 대한 사랑, 따라서 변하지 않는 인간의 특색까지도 말이야. 인간의 영양물을 없애면 인간은 죽고 말지. 마찬가지로 인간에게 자연스러운 열정을 없애면 인류는 존재하지 못하게 될 걸세. 그리스도인들이 거부하는 소유권도 매한가지야. 주위를 둘러보게. 모든 포도원과 울타리, 집, 당나귀는 소유라는 조건하에 인간에 의해 생겨난 거야. 재산에 대한 권리를 폐지하면 어떤 포도원도 경작되지 않고 어떤 동물도 사육되지 않을 걸세. 그리스도인들은 자신들이 소유한 게 없다고 말하지만, 그 소산물을 즐기지. 그들은 모든 것을 함께 나누고 모든 것을 공동 관리한다고 말하네. 하지만 그들이 공동 관리하는 건 재산을 소유한 사람들한테서 받은 것들이야. 그들은 단지 다른 사람들을 속이거나, 기껏해야 그들 자신을 속이고 있어. 자네는 그들이 일을 해서 스스로의 힘으로 살아간다고 말하지만, 만약 소유권을 인정하는 사람들이 생산해 낸 것들을 이용하지 않는다면 그들은 그들이 일한 것만으로 스스로를 부양하지 못할 걸세. 설령 그럴 수 있다고 해도 겨우 생존하는 수준일 것이고, 그들에겐 과학과 예술이 들어설 자리가 없게 될 거야. 그리스도인들은 과학과 예술의 사용을 인정조차 하지 않아. 그들의 모든 가르침은 과학과 예술을 야만의 원시 상태, 즉 동물적인 존재로 떨어뜨리니까.

그리스도인들은 우리의 예술과 과학으로 인류에 봉사하지 않고, 예술과 과학에 무지한 채 그것들을 비난하지. 또한 인간의 고유한 특권을 형성하고 인간을 신들과 동맹하게 만드는 어떤 방식으로도 인류에 봉사하지 않아. 그들은 신전도 조각상도 극장도 박물관도 없어. 자신들에게는 그런 것들이 필요 없다고 말하지. 퇴보에 대한 부끄러움을 피하는 가장 손쉬운 방법은 고상한 것을 경멸하는 일이고, 그걸 바로 그리스도인들이 하고 있어. 그들은 무신론자들이네. 신들을 인정하거나 인간의 일에 관여하지 않지. 오직 하느님 아버지라고 부르는 그들 '스승'의 아버지를 믿을 뿐이야. 그리고 그들의 '스승'이 삶의 모든 신비를 그들에게 드러냈다고 생각하지. 그들의 가르침은 측은한 사기(詐欺)라네! 이걸 생각하게나. 우리의 종교는 세상이 신들에게 의지하고, 신들이 인간을 보호하며, 잘 살기 위해 인간은 반드시 그 신들을 공경하고, 스스로 찾고 생각해야 한다고 말하지. 이렇게 우리의 인생은 한편으로 신들의 의지에 의해, 다른 한편으로 인류 공동의 지혜에 의해 인도되고 있지. 우리는 살고, 생각하고, 찾고, 그렇게 진리를 향해 나아가는 거라네.

하지만 그리스도인들에게는 신들도 없고, 그들 자신의 의지도 없고, 인류의 지혜도 없지. 오직 십자가에 못 박힌 그들의 '스승'과 그가 그들에게 했던 모든 말만을 맹목적으로 믿을 뿐이야. 자, 이제 어느 것이 더 신뢰할 만한 길잡이인지 생각해 보게. 신들의 의지와 인류 공동의 지혜의 자유로운 활동인가, 아니면 한 사람의 말에 대한 강제적이고 맹목적인 믿음인가?"

줄리어스는 이 낯선 남자의 말, 특히 그의 마지막 말에 매혹되었다. 그리스도인들에게 가겠다는 의지가 흔들린 것은 물론, 자신의 불행으로 인해 그렇게 어리석은 결정을 할 수 있었다는 게 이제 이상하게까지 생각되었다. 하지만 앞으로 무엇을 해야 하고, 또 자신이 놓여 있는 어려운 상황에서 빠져나갈 길을 어디에서 찾아야 할지는 여전히 의문으로 남아 있었다. 그래서 줄리어스는 자신의 처지를 설명한 뒤, 낯선 이의 조언을 구했다.

"내가 지금 자네에게 해 주고 싶은 말도 바로 그 문제라네."

낯선 이가 대답했다.

"자네가 무엇을 해야 하냐고? 내가 알고 있는 인류의 지혜로 말하자면 자네의 길은 분명하지. 자네의 모든 불행은 인간에게 자연스러운 열정이 가져온 결과야. 열정이 자네를 부추겨서 너무 멀리 이끌었기 때문에 고통을 받은 것이지. 그건 인생의 평범한 교훈이야. 우린 그 교훈들을 이용해야 하네. 자넨 많은 것을 배웠고, 무엇이 쓰고 무엇이 달콤한지 알기 때문에 이제 그런 실수들을 되풀이할 수 없어. 경험에서 배우게. 자네를 가장 괴롭히는 건 아버지를 향한 미움이지. 그 미움은 자네의 처지에

서 비롯된 거야. 다른 길을 선택하면 미움은 멈추게 되네. 적어도 지금처럼 고통스럽게 나타나지는 않게 돼. 자네의 모든 불행은 일정치 못한 자네의 위치에서 비롯된 거야. 자넨 젊은이 특유의 쾌락에 몸을 맡겼어. 그건 자연스럽고 따라서 바람직한 일이었지. 허나 그건 어디까지 자네의 나이에 부합될 때만 바람직한 것이지. 그 시간은 지나갔네. 성인이 된 뒤에도 여전히 젊음의 경솔함에 스스로를 내맡긴다면 그건 잘못된 일이야. 자넨 자네가 성인이자 시민임을 인식하고, 국가에 봉사하며 또 국가를 위해 일해야 하는 나이에 이르렀네. 자네의 부친은 자네가 결혼하기를 바라시지. 그건 현명한 조언이야. 자네는 젊음이라는 인생의 한 단계를 지나 다른 단계에 도달했어. 자네의 모든 고민거리는 과도기에 나타나는 징후에 불과해. 젊음이 지나갔다는 걸 인정하고, 인간에게 자연스러운 것들이 아닌 젊음에 자연스러운 모든 것들을 과감히 내버린 후, 새로운 길로 들어서게. 결혼을 하고, 젊음의 유희를 포기한 뒤, 상업과 공무(公務), 과학과 예술에 전념하면 자네의 부친 그리고 친구들과 화해하는 것은 물론 평화와 행복을 찾게 될 거야. 자네는 성인이 되었고, 따라서 결혼을 하고 남편이 되어야 하네. 내 조언을 한마디로 요약하자면 자네 부친의 말씀을 따르고 결혼을 하라는 거야. 만약 자네가 그리스도인들 속에서 찾으려고 생각했던 은둔의 삶에 마음이 끌린다면, 그리고 적극적인 삶이 아닌 철학에 마음이 기운다고 한다면, 자넨 오직 인생의 진정한 의미를 경험한 후에라야 그것에 헌신해서 이로움을 얻을 수가 있다네. 하지만 인생의 의미는 독립된 시민과 한 가정의 가장이 되었을 때만이 알게 되는 것이지. 만일 그런 후에도 여전히 은둔의 삶에 마음이 끌리거든 그 감정에 따르게나. 그땐 그 감정이 지금처럼 괴로움의 단순한 과시가 아닌 진정한 욕구일 테니까. 자, 떠나게!"

이런 마지막 말들이 다른 무엇보다 줄리어스를 설득시켰다. 줄리어스는 그 낯선 이에게 고맙다고 말한 뒤 집으로 돌아갔다.

줄리어스의 어머니는 기쁘게 아들을 맞아들였다. 그의 아버지 역시 줄리어스가 자신의 뜻에 따르고 자신이 골라 준 여자와 결혼하겠다는 말을 듣자마자 아들과 화해했다.

4

석 달 후 줄리어스는 아름다운 유람피아와 결혼식을 올렸다. 그 젊은 부부는 줄리어스 소유의 집에서 따로 나가 살았고, 줄리어스는 아버지 사업의 일부를 이어받았다. 이제 줄리어스는 삶의 방식을 완전히 바꾸었다.

어느 날 줄리어스는 장사를 위해 이웃 소도시에 갔다가 그곳에 있는 한 가게에 앉아 있었는데, 팜필리우스가 자신이 모르는 어떤 여자와 함께 지나가는 것을 보게 되었다. 두 사람 모두 팔려고 가지고 나온 무거운 포도 바구니를 들고 있었다. 줄리어스는 친구를 보자마자 밖으로 달려 나갔고, 팜필리우스에게 함께 가게에 들어가 이야기를 나누자고 청했다.

그 여자는 팜필리우스가 친구와 함께 가고 싶지만 자신을 혼자 남겨 두게 되어 망설이는 것을 보고는, 자신은 팜필리우스의 도움이 필요 없으며 포도를 내려놓고 자리에 앉아 손님을 기다리겠다고 서둘러 안심시켰다. 팜필리우스는 여자에게 고맙다고 말했고, 줄리어스를 따라 가게로 들어갔다.

줄리어스는 자신과 아는 사이인 가게 주인에게 가게 뒤쪽에 있는 조용한 방으로 친구를 데려가고 싶다고 말한 뒤, 허락을 얻어 그곳으로 갔다.

두 친구는 서로 그들의 삶에 대해 물었다. 팜필리우스는 변함없이 그리스도인의 공동체에서 살고 있었고 결혼은 하지 않았으며, 줄리어스에게 자신의 삶이 매시간, 매일, 매년 점점 더 행복해졌다고 힘주어 말했다.

줄리어스는 팜필리우스에게 자신에게 일어났던 일들을 말해 주었다. 그리스도인들과 함께 살기 위해 실제로 길을 나섰다가 한 낯선 이를 만나게 되었고, 그가 그리스도인들의 오류를 깨닫게 하고 자신이 무엇을 해야 하는지 가르쳐 주었으며, 그의 조언에 따라 결혼을 했다고 말했다.

"그래서 지금 행복한가? 그 낯선 이가 자네에게 약속한 걸 결혼생활에서 찾았어?"

팜필리우스가 물었다.

"행복? 행복이 뭐지? 만약 내 욕구가 완전히 충족되는 걸 말하는 거라면, 물론 난 행복하지 않아. 현재 난 성공적으로 사업을 운영하고 있고, 사람들이 날 존경하기 시작했기 때문에 그 두 가지 일에 있어선 상당히 만족하고 있어. 나보다 더 부유하고 더 존경받는 사람들을 많이 보지만, 난 내가 그들과 동등해지거나 심지어 능가할 가능성을 내다보고 있지. 내 인생의 그런 면은 충분히 만족스럽지만, 솔직히 말해서 결혼은 그렇지가 않아. 오히려 내게 행복을 가져다주었어야 할 결혼생활이 실패했다고 생각하고 있어. 맨 처음 내가 경험한 기쁨은 점차 줄어들고, 결국엔 사라져 버렸지. 그리고 행복 대신 슬픔이 찾아왔어. 내 아내는 아름답고 영리한데다 교양 있고 친절하지. 처음에 난 더할 나위 없이 행복했어. 하지만 지금은 불화(不和)가 일어났네. 자넨 아내가 없어서 모르겠지만, 때로는 내가 아내에게 무관심할 때 아내가 내 주의를 끌고 싶어하기 때문이고, 또 때로는 그 반대되는 이유로 말이야. 게다가 새로움에 대한 열정은 본질적인 거거든. 내 아내보다 덜 매혹적이지만 어떤 여자를 처음 알게 되면 난 그 여자에게 마음이 끌리지. 하지만 시간이 지나면 내 아내보다 더욱 매력이 없어지게 돼. 그건 내가 경험한 거야.

그래, 친구, 난 결혼생활에서 만족을 찾지 못했어."

줄리어스가 말을 맺었다.

"철학자들의 말이 옳아. 인생은 우리에게 영혼이 바라는 것을 주지 않지. 난 결혼생활에서 그걸 알게 됐어. 그렇지만 인생이 영혼이 바라는 행복을 주지 않는다고 해서 자네들의 기만이 그걸 줄 수 있다는 말은 아니야."

줄리어스가 미소를 지으며 덧붙였다.

"자네가 말하는 우리의 '기만'이 뭐지?"

팜필리우스가 물었다.

"자네들의 기만은 인간을 삶과 결부된 악에서 구한다는 것, 즉 모든 삶을 거부하는 데 있어. 삶 그 자체를 부인(否認)하지. 미몽에서 깨어나는 것을 피하기 위해 매혹하고 황홀케 하는 것을 거부하고 있는 거야. 자네들은 결혼조차 거부하지."

"우린 결혼을 거부하지 않아."

팜필리우스가 말했다.

"결혼을 거부하지 않는다면, 적어도 사랑을 거부하지."

"정반대로, 우린 사랑을 제외한 모든 것을 거부하네. 우리에게 사랑은 모든 것의 근본이야."

"난 이해가 안 되네."

줄리어스가 말했다.

"다른 사람들과 자네로부터 들은 얘기들, 그리고 자네가 나와 나이가 같지만 아직 결혼하지 않은 사실로 미루어 볼 때 자네 그리스도인들은 결혼하지 않는다는 게 내 결론이야. 이미 결혼한 사람들은 계속 그 상태를 유지하지만, 다른 사람들은 경험이 없는 결혼을 하지 않지. 자네는 인류를 존속시키는 일에 대해 관심이 없어. 만약 자네 같은 사람들만 있다면 인류는 오래전에 사라지고 말았을 거야."

줄리어스는 다른 사람들한테 종종 들었던 말을 되풀이하는 것으로 말을 맺었다.

"그건 옳지 않아. 우리가 인류의 존속을 우리의 목적으로 하지 않고, 자네 철학자들이 흔히 말하는 식으로 관심을 두지 않는 건 사실이야. 우리는 하느님께서 이미 그걸 정해 놓으셨다고 생각하지. 우리의 목적은 하느님의 뜻과 일치되게 사는 것뿐이야. 만약 그분의 뜻이 인류가 존속하는 거라면 그렇게 될 것이고, 그렇지 않다면 끝나게 될 거야. 그건 우리의 일도 우리의 소관(所關)도 아니야. 우리의 소관은 하느님의 뜻과 일치되게 사는 거니까. 하느님의 뜻은 우리의 가르침과 계시 모두에서 나타나는데, '남편과 아내는 결합하여 두 사람은 한몸이 되리라.'고 말하고 있지.

우리들에게 결혼은 금지되지도 않았을 뿐더러, 장로와 스승들에 의해 장려되고 있어. 우리들 결혼과 자네들 결혼의 한 가지 차이점은 우리의 법이 우리들에게 여자를 바라보는 모든 음탕한 눈빛은 죄라고 가르치는 데 있네. 따라서 우리와 우리 여자들은 상대방의 욕망을 자극하기 위해 치장하는 대신 그것을 피하려고 노력하지. 우리들 사이의 사랑의 감정은 형제와 자매 사이의 감정과 같고, 그건 자네들이 사랑이라고 부르는 여자에 대한 욕망의 감정보다 더 강할지도 몰라."

"하지만 아름다움에 대한 찬탄을 억누를 수는 없어."

줄리어스가 말했다.

"예를 들어 자네와 함께 포도 바구니를 들고 있던 아름다운 여자는 분명 자네에게 욕망이라는 감정을 불러일으킬 거야. 비록 옷으로 자신의 매력을 숨기고 있다고 해도 말이지."

"아직은 모르겠군."

팜필리우스가 얼굴을 붉히며 말했다.

"그녀의 아름다움에 대해 생각해 본 적이 없으니까. 내게 그런 얘기를 하는 건 자네가 처음이야. 그녀는 내게 여동생과 같아. 그건 그렇고, 조금 전에 하던 말을 계속하지. 우리들과 자네들 결혼의 차이는 자네들 사이에서 정욕이 미와 사랑이라는 이름, 그리고 비너스 여신에 대한 숭배 아래 사람들에게 불러일으켜지고 발달된다는 사실에서 발생하네. 반대로 우리에게 정욕은 악이 아니라(신이 악을 만들어 낸 게 아니기 때문에), 제자리를 벗어났을 때 악을 불러오는 선으로 간주되지. 우리는 그걸 유혹이라고 불러. 그리고 유혹을 피하기 위해 모든 노력을 기울이지. 내가 아직 결혼하지 않은 이유도 바로 그것 때문이야. 물론 앞으로 결혼을 할지도 모르지만 말이야."

"결혼을 결정하는 게 뭔가?"

"하느님의 뜻이지."

"그걸 어떻게 알게 되는데?"

"신의 뜻의 표시를 구하려고 한 적이 없다면 결코 깨닫지 못하겠지만, 끊임없이 그것을 구하면 자네들이 제물이나 새들을 통해 얻는 징조처럼 분명하게 되지. 자네들에게 그들의 지혜와 제물로 바친 동물들의 내장, 새들의 비행으로 자네 신들의 뜻을 해석하는 현인들이 있는 것처럼, 우리에게도 그리스도의 계시와 그들의 마음과 다른 사람들의 생각이 암시하는 데에 따라, 그리고 대개 인간에 대한 그들의 사랑으로 하느님의 뜻을 설명해 주는 현인들이 있네."

"모든 게 너무 명확하지가 않아."

줄리어스가 반박했다.

"예를 들어 누가 자네에게 언제 그리고 누구와 결혼하라고 표시를 한다는 말인가? 결혼하려고 할 때 내겐 선택할 여자가 세 명이 있었어. 다른 여자들 중에서 그 세 사람을 고른 이유는 그들이 아름답고 부유하고, 또 우리 아버지가 내 결혼 상대자로 동의하셨기 때문이지. 그중에 난 유람피아를 선택했어. 내게 가장 아름답고 가장 매력적으로 보였으니까. 자, 이건 쉽게 이해가 되네. 하지만 자네의 선택에 있어 무엇이 자네를 인도한다는 거야?"

"그 질문에 답하기 위해 우선 이것부터 말해야겠군."

팜필리우스가 말했다.

"우리의 가르침에 따르면 인간은 하느님의 눈에 모두 동등하고, 따라서 우리의 눈에도 그들의 지위와 영적이고 육체적인 특성 모두 동등하네. 그렇기 때문에 우리의 선택 — 우리는 이 단어를 무의미하다고 생각하지 — 은 어떤 식으로든 한정될 수가 없어. 온 세상 사람 누구라도 그리스도인의 남편이나 아내가 될 수 있지."

"그건 결정하는 일을 더욱더 불가능하게 만드네."

줄리어스가 말했다.

"우리의 장로가 내게 말씀해 주신 그리스도와 이교도 결혼의 차이를 이야기하지. 자네 같은 이교도는 자신에게 가장 큰 개인적 쾌락을 줄 것으로 생각되는 여자를 선택해. 그런 환경에서 눈을 헤매고, 특히 그 쾌락이 미래에 있기 때문에 결정하는 일은 쉽지 않지. 하지만 그리스도인들은 그런 선택을 하지도 않을뿐더러, 선택할 때 자신의 개인적 쾌락은 첫 번째가 아닌 두 번째 자리를 차지하네. 그리스도인에게 중요한 건 결혼으로 하느님의 뜻을 어기지 않도록 하는 데 있으니까."

"하지만 결혼으로 하느님의 뜻을 어떻게 어긴다는 거야?"

"나는 우리가 함께 읽고 공부했던 『일리아드』를 잊었을지 몰라도, 현자와 시인들 속에서 살고 있는 자넨 틀림없이 기억하고 있을 거야. 『일리아드』가 모두 무엇에 관한 건가? 결혼에 관련해서 신의 뜻을 어기는 이야기에 다름 아니지. 메넬라오스와 파리스와 헬렌 그리고 아킬레스와 아가멤논과 크리세이스, 온통 신의 뜻을 어기는 데서 발생하는 끔찍한 불행을 묘사하고 있어."

"하지만 뭐가 신의 뜻을 어긴 거지?"

"남자는 여자가 자신과 같은 인간이기 때문이 아니라, 그 여자와의 관계에서 얻을 수 있는 쾌락 때문에 여자를 사랑한다는 거야. 오로지 자기 자신의 쾌락을 위해 여자와 결혼을 하지. 그리스도인의 결혼은 남자가 자신의 형제를 사랑하고, 자신의 세속적인 사랑의 대상이 우선 이런 형제애가 될 때만 가능하네. 토대가 있을 때 합리적이고 튼튼하게 집을 지을 수 있고, 그림이 그려질 무언가가 준비되었을 때 그림을 그릴 수 있는 것처럼, 세속적인 사랑은 인간의 다른 인간에 대한 존중과 사랑이 바탕이 되었을 때 비로소 정당하고 합리적이고 영원한 것이지. 그런 토대 위에서만 합리적인 그리스도인의 가족생활이 확립될 수 있어."

"그렇다고 해도, 자네가 말하는 그런 그리스도인의 결혼이 왜 파리스가 경험했던 여자에 대한 사랑을 배제하는지 이해하지 못하겠어."

"그리스도인의 결혼이 한 여자에게 한정된 사랑을 인정하지 않는다고 말하는 게 아니야. 반대로, 그럴 때만이 합리적이고 신성하지. 그러나 한 여자에게 한정된 사랑은 모든 인간에 대한 사랑이 먼저 존재하고 또 그 사랑이 침해받지 않을 때만 일어날 수 있어.

시인들은 오직 한 여자만을 향한 사랑을 인간에 대한 보편적인 사랑 없이 그 자체로 선이라고 여기며 노래하지. 하지만 그런 사랑은 사랑이라고 불려질 권리가 없어. 그건 육욕(肉慾)이고 아주 쉽게 증오로 변하지. 소위 그런 사랑(에로스)이 모든 인간에 대한 형제애를 바탕으로 하지 않았을 때 얼마나 잔인하고 야만적으로 변하는지를 가장 잘 보여 주는 예는 남자가 사랑하는 것으로 생각되는 바로 그 여자가 남자에게 폭행을 당하는 것이지. 남자가 그 여자를 고통스럽게 만들고 파멸시키는 거야. 그런 폭력에는 분명 형제애가 없어. 남자가 자신이 사랑하는 사람에게 심한 고통을 주니까. 비그리스도인의 결혼에는 종종 숨겨진 폭력이 존재하지. 남자가 자신을 사랑하지 않거나, 다른 사람을 사랑하는 여자와 결혼을 해서 여자를 강제로 괴롭히고, 동정을 베풀지 않으며, 단지 자신의 '사랑'을 만족시키기 위해 여자를 이용하니까."

"그건 그렇다 쳐도, 만일 그 여자가 남자를 사랑한다면 부당

할 게 없지. 그리고 난 그리스도인의 결혼과 이교도 결혼의 차이를 모르겠어."

줄리어스가 말했다.

"자네들의 결혼을 속속들이 아는 건 아니네만, 개인적인 행복에만 근거한 모든 결혼이 결국 불화밖에 낳을 수 없다는 건 알고 있지. 동물이나 혹은 동물과 별반 다를 게 없는 인간들 간에 먹을 것을 취하는 단순한 행위가 반드시 싸움과 투쟁을 동반하는 것처럼 말이야. 저마다 맛난 음식을 원하지만 모두가 다 맛난 음식을 선택할 순 없고, 따라서 불화가 일어나는 것이지. 비록 드러내 놓고 표출되지는 않는다 해도, 여전히 보이지 않게 존재하고 있어. 약한 남자는 진미(珍味)를 원하지만 강한 남자가 그걸 자신에게 주지 않을 거라는 걸 알지. 그리고 그걸 강한 남자로부터 직접 빼앗는 게 불가능하다는 걸 알지만, 은밀하고 질투로 가득한 악의를 품고 그를 지켜보면서 교활하게 가로챌 첫 기회를 기다리네. 이교도들의 결혼도 그것과 마찬가지야. 하지만 욕망의 대상이 인간이라는 점에서 두 배나 더 나쁘지. 그래서 남편과 아내 사이에 반목이 생기는 거야."

"그렇지만 결혼한 남녀가 어떻게 서로를 제외하고 아무도 사랑하지 않을 수 있지? 그 사람 또는 다른 사람을 사랑하는 남자나 여자가 항상 있을 것이고, 자네 생각에 따르면 결혼은 불가능해. 자네의 말이 옳다는 건 곧 자네가 결혼을 부정(否定)한다는 거지. 그래서 자네가 결혼을 하지 않았고, 아마 앞으로도 하지 않을 거야. 남자가 다른 여자에게 사랑의 감정을 한 번도 느껴보지 않고 결혼을 한다거나, 소녀가 어떤 남자에게 자신에 대한 감정을 불러일으키지 않고 성숙하는 건 불가능한 일이니까. 헬렌이 어떻게 해야 했겠나?"

"그것에 대해 우리의 장로인 시릴은 이렇게 말씀하시지. '이교도 세계에서 남자는 그들의 형제에 대한 사랑을 생각하거나 그 감정을 품으려 하지 않고, 오직 여자에 대한 열렬한 사랑을 자신에게 불러일으킬 생각뿐이며 그 열정을 품는다. 따라서 그들 세계에서 헬렌과 같은 모든 여자들은 많은 남자들의 사랑을 야기한다. 연적(戀敵)들은 동물이 암컷을 소유하기 위해 하는 것처럼 서로 싸우고 서로를 능가하기 위해 분투한다. 그리고 크든 적든 그들의 결혼은 폭력이다.'라고 말이야. 우리 그리스도 공동체에서는 여자의 아름다움이 가져다줄지도 모를 개인적인 쾌락에 대해 생각하지도 않고, 이교도 세계에서 숭배의 대상이 되고 가치 있게 여겨지는 것들로 우리를 이끄는 모든 유혹을 피한다네. 반대로, 우린 우리의 이웃을 존중하고 사랑해야 할 의무를 생각하네. 이건 가장 아름답거나 가장 추하거나에 상관없이 모든 사람들에 대해 느끼는 감정이야. 우리는 온 힘을 다해 그런 마음을 함양하지. 그리고 그런 형제애가 아름다움의 유혹을 밀어내고, 그것을 극복하게 하고, 남녀의 육체적 관계에서 발생하는 불화를 없애고 있어. 그리스도인은 자신과 여자와의 결합이 누구에게도 고통을 주지 않을 거라는 걸 알 때만 결혼을 한다네."

"하지만 그게 가능해? 인간이 자신의 열정을 지배할 수 있다는 말이야?"

줄리어스가 물었다.

"구속 없는 유희가 허용된다면 불가능하지만, 우린 그런 유희가 일어나고 자극되는 걸 막을 수가 있어. 아버지와 딸의 관계, 어머니와 아들의 관계를 한번 생각해 보게. 아무리 아름답다고 해도 어머니는 아들에게 순수한 사랑의 대상이지 개인적인 쾌락의 대상이 아니야. 그건 딸과 아버지, 오누이간에도 마찬가지지. 욕망이라는 감정은 일어나지 않아. 그런 감정은 아버지가 자신의 딸로 생각했던 여자가 딸이 아니라는 걸 알았을 때만 일어나게 될 거야. 어머니와 아들, 오라비와 누이의 관계에서도 그러하지. 하지만 그럴 때조차 그 감정은 매우 약해서 쉽게 억제되고, 인간이 제어할 수 있는 범위 내에 있게 될 거야. 그 욕망의 감정이 약한 건 그 근저에 부성애나 모성애, 형제애가 있기 때문이야. 왜 자네는 모든 여자들을 어머니와 누이, 딸들처럼 바라보는 감정이 인간에게 함양되어 굳어질지도 모르고, 또 부부간의 사랑의 감정이 그것을 바탕으로 성숙할 수 있다는 걸 믿고 싶어하지 않는 거지? 오라비가 자신의 누이를 누이가 아니라는 걸 알게 된 후에 여자로서 그녀에 대한 사랑의 감정을 허락하는 것처럼, 우리 그리스도인들은 자신의 사랑이 어느 누구에게도 고통을 일으키지 않는다고 느낄 때 그런 감정을 자신의 영혼에 허락한다네."

"그렇지만 만약 두 남자가 한 여자를 사랑한다고 한다면?"

"그럼 한 사람이 다른 사람을 위해 자신의 행복을 희생할 거야."

"그런데 여자가 그들 중 한 사람을 사랑한다면?"

"그땐 여자가 사랑하는 사람이 여자의 행복을 위해 자신의 감정을 덜 희생하게 될 거야."

"만일 여자가 두 남자를 모두 사랑하고 두 남자 모두 자신을 희생하면, 여자는 아무와도 결혼을 못 하잖아?"

"그렇지 않아. 그런 경우엔 장로들이 그 문제에 관여해서 가장 큰 사랑으로 모두를 위해 가장 큰 선이 되도록 조언을 할 테니까."

"그런 일이 일어나지 않는다는 건 자네도 알고 있어! 그건 인간의 본성에 반(反)하는 거니까."

"인간의 본성에 반한다고? 인간의 본성이 뭐지? 인간은 동물인 동시에 사람이네. 여자와의 그런 관계가 인간의 동물적 본능과 일치하지 않는 게 사실이라고 해도, 그건 인간의 이성(理性)적 본성과 일치하지. 사람이 동물적 본성의 요구를 채우기 위해 자신의 이성을 사용하면, 그는 동물보다도 못하게 될 뿐만 아니라 어떤 동물도 하지 않을 폭력과 근친상간과 같은 일들을 하게 돼. 하지만 동물적 본성을 억제하기 위해 이성을 사용하면 그 동물적 본성이 이성을 따르게 되고, 그럴 때 비로소 자신을 만족시키는 행복을 얻는 거야."

5

"하지만 자네에 대해 말해 보게."

줄리어스가 말했다.

"나는 자네가 그 아름다운 여자와 함께 있는 것을 보았고, 자네가 그녀 가까이에 살면서 그녀를 돕는 것으로 보이네. 그런데 자네가 그녀의 남편이 되기를 바라지 않는다는 게 가능해?"

"난 그것에 대해 생각하지 않아. 그녀는 그리스도인 홀어머니의 딸이지. 나는 다른 사람들이 하는 것처럼 그들을 돕고 있어. 자네는 내가 그녀를 사랑해서 그들과 삶을 함께 하길 바라는지 묻는 건가? 그 질문은 대답하기 어렵지만, 솔직히 그럴 것이네. 그런 생각이 떠오른 적은 있지만, 그녀를 사랑하는 또 다른 젊은이가 있기 때문에 아직 그 생각을 감히 품으려 하지 않아. 그 젊은이는 그리스도인이고 우리를 모두 사랑하지. 그렇기 때문에 나는 그에게 고통을 주는 어떤 일도 할 수가 없어. 내가 추구하는 단 한 가지는 인간을 사랑하는 법을 이행하는 일이야. 해야 할 일은 그것뿐이지. 나는 결혼이 필요하다는 것을 알게 될 때 할 것이네."

"그렇지만 그녀의 어머니에게 근면한 사위를 얻는 일은 상관없는 문제가 아니네. 그 어머니는 다른 사람이 아닌 자네를 원할 거야."

"아니, 그건 상관없는 문제라네. 그녀의 어머니는 우리가 모두 다른 사람들에게 하듯 언제라도 그분을 도와준다는 것과 내가 사위가 되거나 그렇지 않거나 변함없이 그분을 도와야 한다는 걸 아시기 때문이지. 만약 내가 그분의 딸과 결혼하게 된다면 기쁘게 받아들일 것이고, 그녀가 다른 사람과 결혼을 하더라도 나는 기쁘게 받아들여야 해."

"그건 불가능한 일이야!"

줄리어스가 외쳤다.

"자네들에 대해 정말로 못마땅한 건 자네들이 스스로를 속이고 또한 다른 사람들을 속인다는 거야. 그 낯선 이가 자네들에 대해 내게 했던 말이 옳았어. 자네의 말을 들으면 자네가 묘사하는 삶의 아름다움에 나도 모르게 이끌리지만, 곰곰이 생각해 보면 그 모든 게 야만적인 동물들의 것과 비슷한 삶의 조악함으로 이끄는 속임수라는 걸 알게 되지."

"무엇이 야만적이라는 말인가?"

"노동으로 스스로를 부양함으로써 과학과 예술에 자신을 종사시키는 여가와 기회를 가질 수 없다는 점이지. 여기 자네는 거친 손과 발에 다 해진 옷을 입고 있고, 자네와 함께 있던 여자는 미의 여신이 될 수도 있지만 노예와 닮아 있어. 자네들은 아폴로 신에게 노래를 부르지도 않고, 사원도 시(詩)도 유희도 없어. 신들이 인간의 삶에 광채를 더하기 위해 준 것들이 하나도 없다는 말이야. 노예나 황소처럼 일하고, 단지 조악하게 먹고사는 건 인간의 의지와 인간의 본성을 자발적으로 또 불경스럽게 포기하는 게 아니고 뭔가?"

"또 '인간의 본성'을 말하는군!"

팜필리우스가 말했다.

"하지만 인간의 본성이 어디에 있는 거지? 노예들에게 죽도록 일을 시키고, 형제들을 죽이고 노예로 만들며, 여자들을 쾌락의 도구로 이용하는 데 있는 건가? 이것들은 모두 자네들이 인간에게 자연스럽다고 여기는 삶의 아름다움을 위해 필요하지. 그게 인간의 본성인가? 아니면 자신을 하나의 전 인류적인 형제애의 구성원으로 느끼며, 모든 인간을 사랑하고 조화롭게 사는 것이 인간의 본성인가?

만약 우리가 과학과 예술을 인정하지 않는다고 생각한다면 자넨 크게 잘못 생각하고 있는 거야. 우린 인성(人性)에 부여된 모든 능력을 높이 평가하지만, 인간이 타고난 모든 능력을 한 가지 똑같은 목적에 도달하기 위한 수단으로 여기지. 우린 그 목적에 일생을 바치는데, 바로 하느님의 뜻을 이행하는 일이야. 우린 과학과 예술을 단지 한가한 사람들이 시간을 즐겁게 보내기 위해 이용하는 오락으로 여기지 않아. 우린 인간의 모든 일들처럼 과학과 예술 속에 모든 그리스도인 활동의 목적이 되어야 할 하느님의 사랑과 우리 이웃들의 사랑이 실현되어야 한다고 요구하지. 우리는 우리가 더 나은 삶을 살도록 돕는 지식만을 진정한 과학이라 여기고, 오직 우리의 생각을 정화하고 우리의 영혼을 고양시키며 노동과 사랑의 삶을 위해 우리에게 필요한 힘을 강화시키는 것들을 진정한 예술로 생각하네. 그런 지식으로 우리 자신과 우리 아이들을 발전시키기 위해 애쓰고, 그런 예술에 우린 기꺼이 우리의 여가 시간을 바치지. 우린 우리보다 앞서 살았던 사람들의 지혜로 우리에게 남겨진 작품들을 읽고 공부하네. 우리는 노래를 부르고 그림을 그리고, 우리의 시와 그림들은 우리의 영혼을 떠받치며 깊은 슬픔의 순간에 우리를 위로하지. 이게 바로 우리가 자네들이 이용하는 예술과 과학을 찬성할 수 없는 이유야. 자네의 학자들은 인간을 해치는 새로운 수단을 생각해 내는 데 그들의 정신적 능력을 사용하지. 전투, 즉 살인하는 방법을 개선하고, 다른 이들의 희생으로 부를 쌓는 새로운 방법을 고안하지. 자네들의 예술은 신들에게 경의를 표하는 신전을 세우고 그것들을 장식하는 데 사용되네. 자네들 중에 좀 더 교육받은 사람들이 오래전에 믿기를 그만둔 신들에 대해서 말이야. 하지만 자네들은 다른 사람들에게 그 신들을 믿도록 장려하지. 그런 속임수로 사람들을 더 잘 지배할 수 있으니까. 자네들은 아무도 존경하지 않고 오직 두려움으로 바라보는, 가장 강하고 잔인한 폭군들의 조각상을 세우고 있어. 자네들의 극장에서는 죄가 되는 사랑을 칭찬하는 공연들이 올려지지. 음악은 사치스러운 향연으로 실컷 먹고 마시는 부유한 자들의 즐거움을 위해 연주되네. 그림은 제정신이거나 동물적 열정에 사로잡히지 않은 사람들이 얼굴을 붉히지 않고는 절대 쳐다볼 수 없는 장면들을 묘사하며 유흥과 방탕을 즐기는 곳들에 걸려 있지. 인간을 동물들과 구별 짓는 보다 높은 능력들은 결코 그런 목적을 위해 인간에게 주어진 게 아니네. 그런 능력들은 육체적인 만족을 위해 쓰여서는 안 돼. 우리는 하느님의 뜻을 이행하는 데 일생을 바치기 때문에 우리의 보다 높은 능력을 특히 그것을 위해 사용하지."

"그래, 만약 삶이 그런 조건하에서 가능하다면 모든 게 훌륭할 거야."

줄리어스가 말했다.

"하지만 사람은 그렇게 살 수 없어. 자네들은 스스로를 속이고 있지. 자네들은 우리의 법과 우리의 제도와 우리의 군대를 비난하네. 자네들은 우리가 제공하는 보호를 인정하지 않아. 로마 군단이 없다면 자네들이 평화롭게 살 수 있을까? 자네들은 국가의 보호에서 득을 보지만 그걸 인정하지 않아. 자네들 중엔 자네가 말한 것처럼 스스로를 지키는 이들조차 있지. 자네들은 사유 재산의 권리를 인정하지 않으면서, 그걸 이용하고 있어. 우리들은 재산을 갖고 있고 그걸 자네들에게 주지. 자네들은 자네들의 포도를 내주지 않으면서, 그것들을 팔아서 다른 것들을 사고 있어. 그게 다 속임수야! 만일 자네들이 자네가 말한 대로 한다면 더할 나위 없이 좋겠지만, 지금 자네들은 스스로와 다른 사람들을 기만하고 있네!"

줄리어스는 격앙된 목소리로 마음속에 있는 모든 것들을 말했다. 팜필리우스는 줄리어스가 말을 마칠 때까지 조용히 듣고 기다렸다.

"우리가 자네들의 보호를 인정하지 않으면서 이용한다고 생각하는 건 자네가 틀렸어. 우리의 행복한 삶은 방어(防禦)를 요구하는 데 있지도 않고, 이건 아무도 우리에게서 빼앗을 수 없어. 비록 자네들의 눈에 재산으로 보이는 물질적인 것들이 우리의 손을 거쳐 간다고 해도, 우린 그것들을 우리의 것으로 여기지 않고 생계를 위해 필요로 하는 사람들에게 주지. 우리는 사기를 원하는 사람들에게 포도를 팔지만, 그건 개인적인 이득을 얻기 위해서가 아니라 오직 필요한 사람들에게 나눠 줄 생필품을

구하기 위해서야. 만일 누군가 우리에게서 포도를 빼앗기 원하면 우린 저항 없이 포도를 포기해야 해. 똑같은 이유로 우린 야만인들의 침입을 두려워하지 않아. 만일 그들이 우리의 수고로 얻은 산물을 빼앗기 시작하면, 우린 그렇게 하도록 내버려 둬야 하고, 만일 그들이 우리에게 자신들을 위해 일하라고 요구하면, 우린 그 일 또한 기꺼이 해야 해. 그럼 그들은 우리를 죽이거나 학대할 이유가 하나도 없게 되지만, 그렇게 하는 건 우리 자신의 이해와 충돌하게 될 거야. 그들은 곧 우리를 이해하고 우리를 사랑하는 법을 알게 될 거고, 우린 지금 우리를 에워싸고 우리를 박해하는 문명화된 사람들보다 그들에게서 덜 고통을 받게 될 거야.

　자네들은 생존에 필요한 것들이 사유 재산의 제도하에서만 생산될 수 있다고 말하지. 하지만 생활에 필요한 것들을 실제로 누가 생산하고 있는지 생각해 보게. 자네들이 그렇게 자랑스러워하는 모든 부가 누구의 노동에 빚을 지고 있나? 그것들이 손가락 하나 까딱 않고 노예와 노동자들에게 명령을 내리며 이제 모든 재산을 소유하게 된 사람들에 의해 생산된 것인가, 아니면 그날그날의 양식을 위해 주인의 명령을 따르고 이제 아무런 재산도 소유하지 못한 채 하루하루 근근이 살아가는 노동자들에 의해 생산된 것인가? 자넨 종종 완전히 이해할 수 없는 명령을 수행하느라 모든 힘을 소진하는 이런 노예들이 만약 기회가 주어진다면, 바꿔 말해서 그들이 명확하게 이해하고 찬성하는 목적을 위해 일하게 된다면, 그들 자신과 그들이 사랑하고 보살피는 사람들을 위해 일하지 않을 거라고 생각하나?

자네들은 우리가 얻으려고 애쓰는 것을 우리가 완전히 이루지 못하고, 인정조차 하지 않으면서 폭력과 재산을 이용한다고 우리를 비난하지. 만일 우리가 기만하는 거라면, 우리와 이야기하는 일은 부질없고 우리는 화를 내거나 앞에 나설 자격이 없으며, 다만 경멸을 받아야 하지. 그리고 우리는 자네들의 경멸을 기꺼이 받아들여. 우리의 가르침 중 하나가 우리의 미미함을 인정하고 아는 일이니까. 그러나 만일 우리가 공언한 것을 향해 우리가 성실하게 매진하고 있다면, 사기라는 자네들의 비난은 부당한 것이네. 우리가 나와 나의 형제들이 하는 것처럼 예수 그리스도의 법을 이행하고 폭력과 폭력의 산물인 사유 재산 없이 살고자 노력한다면, 그건 우리가 무가치하게 생각하는 형식적인 목적이나 부, 또는 명예를 위해서가 아니라 다른 무언가를 위해서야. 우리도 자네들과 똑같이 행복을 추구하지만, 행복이 무엇이냐에 대한 개념은 서로 다르네. 자네들은 행복이 부와 명예에 있다고 믿지만, 우린 행복이 다른 무언가에 있다고 믿지. 우리의 믿음은 행복이 폭력이 아닌 복종에 있고, 부가 아닌 모든 것을 내주는 데 있다고 우리에게 가르치네. 그리고 우린 빛을 향해 뻗는 식물들처럼 우리들의 행복의 방향에서 앞으로 나아가지 않을 수가 없어. 우린 우리 자신의 행복한 삶을 위해 바라는 모든 것들을 추구하지 않아. 그건 사실이야. 자네들은 가장 아름다운 아내와 가장 큰 재산을 얻으려고 노력하지. 하지만 자네, 아니 다른 누구라도 그것들을 이룬 적이 있나? 만약 궁수가 표적을 맞히지 못하면, 종종 그렇게 실패한다고 해서 과녁을 겨누는 일을 그만두게 될까? 우리도 그와 같이. 그리스도의 가르침에 따라, 우리의 행복은 사랑에 있어. 우리는 우리의 행복을 추구하지만, 절대 완전하지 못하며 각자 그 나름대로 달성하네."

"그래, 하지만 왜 자네들은 모든 인간의 지혜를 믿지 않지? 왜 그것들을 외면하는 건가? 그리고 왜 십자가에 못 박힌 자네들의 예수 그리스도만을 믿는 거지? 그리스도에 대한 자네들의 노예 같은 복종이 내게 혐오감을 느끼게 만들지."

"자넨 또다시 오해하고 있어. 그건 우리가 믿는 사람에 의해 그렇게 하도록 명령을 받고 신앙을 갖게 되었다고 생각하는 사람들도 마찬가지지. 그 반대로, 온 영혼으로 진리와 하느님과의 영적 교감을 추구하고 선을 추구하는 모든 사람들은 그들도 모르는 사이에 그리스도가 따랐던 길에 이르게 되고, 그들 앞에 있는 그리스도를 보지 않을 수가 없으며, 그리스도를 따르게 된다네! 하느님을 사랑하는 모든 이들은 그 길에서 만나게 되어 있어. 자네 역시 그렇지! 예수 그리스도는 하느님의 아들이고 하느님과 인간 사이의 중재자이시지. 그건 누군가 그렇게 말하고 우리가 그 말을 맹목적으로 믿기 때문이 아니라, 하느님을 간구하는 모든 이들이 그 길 위에서 하느님의 아들을 발견하고, 오직 그분을 통해 하느님을 이해하고, 보고, 알게 되기 때문이야."

줄리어스는 대답하지 않았고, 두 사람은 오랫동안 침묵한 채 앉아 있었다.

"자네는 행복한가?"

줄리어스가 물었다.

"더 이상 바라는 게 없지. 오히려 너무 큰 행복을 누리고 있기 때문에 당혹감마저 느끼고 불공평하다는 걸 의식할 정도야."

팜필리우스가 미소를 지으며 말했다.

"그래, 만약 내가 그 낯선 이를 만나지 않고 자네에게 갔다면 더 행복했을 거야."

"그렇게 생각한다면 뭐가 문젠가?"

"내겐 아내가 있지."

"자네 아내가 그리스도교에 이끌린다고 했으니, 자네를 따를지도 몰라."

"그래, 하지만 자네와 난 이미 다른 종류의 삶을 시작했어. 그걸 어떻게 깨뜨릴 수 있겠나? 시작된 이상, 우린 그 삶을 이어가야 해."

줄리어스는 자신의 아버지와 어머니, 친구들에 대한 불만족, 그리고 무엇보다 변화를 가져오기 위해 쏟아야 했던 모든 노력들을 마음속에 그려 보았다.

바로 그때 팜필리우스의 동료인 여자가 한 젊은 남자와 함께 그들을 찾아왔다. 팜필리우스가 그들에게 나아갔고, 젊은 남자는 줄리어스가 있는 곳에서 시릴이 자신을 보내 큰 가죽을 사오도록 했다고 설명했다. 포도는 이미 팔렸고 밀을 구입한 상태였다. 팜필리우스는 젊은 남자에게 큰 가죽은 자신이 사서 집으로 가져갈 테니, 마그달렌과 함께 밀을 갖고 집으로 돌아가라고 제안했다.

"그러는 게 당신에게 더 나을 거예요."

"아닙니다, 마그달렌은 당신과 함께 가는 편이 좋아요."

젊은 남자는 말을 마치고 떠났다.

줄리어스는 팜필리우스를 자신이 아는 소매상인의 가게로 데려갔고, 팜필리우스는 밀을 자루에 나눠 담았다. 그리고 마그달렌에게 가져갈 작은 짐을 주고 자신은 무거운 짐을 들어 올린 뒤, 줄리어스에게 작별을 고하고 마그달렌과 함께 그곳을 떠났다. 모퉁이를 돌 때 팜필리우스가 뒤를 돌아보고 미소를 지으며 줄리어스를 향해 고개를 끄덕였다. 그리고 나서 더욱 즐거운 미소를 지으며 마그달렌에게 뭔가를 말했고 시야에서 사라졌다.

'그래, 만약 그때 그리스도인들에게 갔더라면 분명 더 나았을 거야.' 줄리어스가 생각했다. 줄리어스의 머릿속에서 두 가지 영상이 번갈아 떠올랐다. 머리에 바구니를 이고 있을 때 생기 넘치던 팜필리우스의 상냥하고 환한 얼굴과 키가 크고 건강한 여자의 모습이 먼저 떠올랐고, 뒤이어 그날 아침 자신이 나왔고 곧 돌아가야 하는 집의 벽난로가 떠올랐다. 그리고 그곳에 팔찌와 화려한 옷을 차려입고 융단과 방석 위에 누워 있을 아내의 모습이 보였다. 아내는 아름답지만 응석받이로 자랐고, 이제 자신에게는 피곤하고 지루한 상대가 되어 있었다.

그러나 줄리어스는 생각에 잠겨 있을 시간이 없었다. 동료 상인들이 그를 찾아왔고, 그들은 여느 때와 같이 저녁을 먹고 술을 마시며 여자들과 함께 밤을 보내기 시작했다.

6

십 년이 흘렀다. 줄리어스는 팜필리우스를 다시 만나지 못했고, 팜필리우스와의 만남은 그의 기억 속에서 서서히 지워졌으며, 팜필리우스와 그리스도인의 삶의 대한 인상은 점차 사라졌다.

줄리어스의 삶은 보통의 행로를 좇았다. 십 년이라는 세월 동안 아버지가 돌아가시고 아버지의 모든 사업을 물려받았으며 사업은 간단하지 않았다. 단골손님들과 아프리카의 판매원들, 점원들, 그리고 수금하고 갚아야 할 빚들이 있었다. 줄리어스는 자신도 모르는 사이에 일에 열중하게 되었고 자신의 모든 시간을 일에 쏟아 부었다. 그 위에, 새로운 관심사들이 생겨났다. 줄리어스는 선거를 통해 공직에 나섰고, 이것은 그에게 새로운 직업이었으며, 그의 허영을 돋우고 마음을 빼앗기게 만들었다. 이제 줄리어스는 사업적인 일에 더하여 공적인 업무들을 수행했고, 능력 있는 달변가로서 동료들 사이에서 두각을 나타내기 시작하여 높은 지위에 오를 것으로 생각되었다. 가정생활에서는 십 년이라는 세월 동안 언짢은 변화들이 적지 않게 일어났다. 세 아이들이 태어났는데, 이것은 줄리어스를 아내와 멀어지게 만들었다. 우선 줄리어스의 아내는 아름다움과 신선함을 부쩍 잃었고, 두 번째로 남편에게 주의를 덜 기울였다. 그녀는 자신의 애정과 배려를 고스란히 아이들에게 바쳤다. 이교도의 관습에 따라 아이들은 유모의 손에 맡겨졌지만, 줄리어스는 아이들이 아내와 함께 있거나 혹은 아내가 그녀의 방이 아닌 곳에서 아이들과 함께 있는 모습을 종종 발견했다. 대개 줄리어스는 아이들이 기쁨보다 성가심을 가져다주는 짐이라고 생각했다.

줄리어스는 사업과 공무를 병행하면서 이전의 방탕한 생활을 그만두었지만, 일을 끝낸 후 자신에게 어떤 세련된 오락이 필요하다고 생각했다. 하지만 줄리어스는 이것을 아내와 함께 찾지 않았다. 이 시기에 줄리어스의 아내는 그리스도교 노예 소녀와 가까이 지내며 새로운 가르침에 점점 더 매료되었고, 자신의 삶에서 줄리어스의 관심을 끄는 모든 형식과 이교도적인 것들을 버렸다. 아내에게서 자신이 원하는 것을 찾지 못한 줄리어스는 품행이 단정치 못한 여자와 친밀한 사이가 되었고, 일을 끝낸 뒤 남은 시간을 그녀와 함께 보냈다.

만일 누군가 그 세월 동안 줄리어스에게 행복한지 불행한지를 물었다면, 줄리어스는 대답할 수 없었을 것이다.

줄리어스는 몹시 바빴다! 한 가지 일이나 쾌락에서 또 다른 일이나 쾌락으로 옮겨 갔지만, 어느 것 하나 완전히 그를 만족시키지 못했고, 줄리어스가 계속되기를 바라는 것은 아무것도 없었다. 줄리어스가 했던 모든 일들은 그것으로부터 빨리 해방될수록 더욱 기쁨을 얻는 그런 성질의 것들이었다. 그리고 줄리어스의 쾌락은 모두 어떤 점에서 해독을 끼쳤고, 과다함이 초래하는 싫증과 뒤섞여 있었다.

이렇게 살아가고 있을 때 줄리어스의 모든 삶의 방식을 바꾸어 놓는 일이 일어났다. 줄리어스는 올림피아 경기 대회에 참가를 했고, 자신의 전차(戰車)를 몰아 성공적으로 경주의 끝을 향해 달려가고 있었다. 그러다 갑자기 자신을 추월하던 다른 전차와 충돌하고 말았다. 바퀴가 부서지면서 줄리어스가 전차 밖으로 내던져졌고, 팔과 늑골 두 개가 부러졌다. 생명이 위태롭지는 않았지만 부상은 심각했고, 줄리어스는 집으로 보내져 3개월 동안 침상에 누워 있어야 했다.

심한 육체적 고통을 겪는 3개월 동안 줄리어스의 정신이 활동을 했고, 줄리어스는 자신의 인생을 마치 다른 사람의 인생처럼 돌아보게 되었다. 그러자 자신의 삶이 음울한 빛으로 모습을 나타냈고, 그 시기 동안 세 가지 언짢은 사건들이 일어나서 줄리어스를 힘들고 괴롭게 만들었다.

첫 번째는 줄리어스의 아버지가 신임했던 하인이자 노예가 아프리카에서 받은 보석들을 갖고 도주를 해서, 큰 손실을 입히고 줄리어스의 사업을 혼란에 빠뜨린 일이었다.

두 번째는 줄리어스의 정부(情婦)가 줄리어스를 버리고 다른 남자에게 가 버린 일이었다.

세 번째이자 줄리어스에게 가장 언짢은 사건은 그가 병상에 누워 있는 동안 선거가 치러져서, 자신의 적수가 자신이 원하던 요직을 차지한 일이었다.

줄리어스에게 이 모든 일들은 자신의 전차 바퀴가 왼쪽으로 손가락 넓이만큼 벗어났기 때문인 것으로 생각되었다.

줄리어스는 침상에 홀로 누워, 자신의 행복이 그런 하찮은 사건들에 좌우되었다는 사실을 무의식적으로 반성하기 시작했다. 그리고 이런 생각들은 다른 생각들로 이어져, 자신의 이전 불행과 그리스도인들에게 가려고 했던 시도와 십 년 동안 만나지 못한 팜필리우스를 회상하게 만들었다. 이런 회상들은 아내와의 대화로 더욱 활발해졌다. 줄리어스의 아내는 남편이 누워 있는 동안 종종 그와 함께 시간을 보냈고, 저녁에는 자신의 노예 소녀로부터 들은 그리스도교에 대해 들려주었다.

그 노예 소녀는 한때 팜필리우스와 같은 공동체에 있었고, 팜필리우스를 잘 알고 있었다. 줄리어스는 노예 소녀를 만나고 싶었고, 소녀가 자신의 침상으로 왔을 때 특히 팜필리우스에 대해 모든 것을 자세히 물었다.

노예 소녀는 팜필리우스가 형제들 중에서 가장 훌륭했으며, 모든 사람들이 그를 사랑하고 존경했다고 말했다. 팜필리우스는 줄리어스가 십 년 전에 만났던 마그달렌과 결혼을 했고, 벌써 아이들을 몇 명 키우고 있었다.

"하느님이 행복을 주기 위해 인간을 창조했다는 걸 믿지 않는 사람들은 가서 그리스도인의 삶을 보아야 해요."

노예 소녀가 말을 맺었다.

줄리어스는 노예 소녀를 보낸 뒤 홀로 남아, 자신이 들은 말들을 생각했다. 그것은 팜필리우스와 자신의 삶을 비교하게 만들어 시기심을 불러일으켰고, 줄리어스는 더 이상 생각하고 싶지가 않았다.

줄리어스는 생각을 딴 데로 돌리기 위해 아내가 침상에 놓고 간 그리스어 필사본을 펼쳤다. 그리고 소리 내어 읽기 시작했다.

두 가지 길이 있는데, 하나는 생명의 길이고 다른 하나는 죽음의 길이다. 생명의 길은 이러하다. 첫째로 그대를 창조하신 하

느님을 사랑하고, 둘째로 그대의 이웃을 그대 자신처럼 사랑하며 다른 이가 그대에게 행하지 않게 하는 것을 누구에게도 행하지 말지어다.

이 말들의 뜻은 이러하다. 그대를 저주하는 사람들을 축복하고, 그대들의 적과 그대를 박해하는 이들을 위해 기도하라. 그대를 사랑하는 이들만을 사랑한다면 그대가 더 나은 게 무엇이겠는가? 이교도도 그러하지 아니한가? 그대를 미워하는 이들을 사랑하면 그대는 아무런 적도 없을 것이다. 모든 육욕적이고 세속적인 욕망을 그대로부터 멀리하라. 누가 그대의 오른쪽 뺨을 친다면 왼쪽 뺨도 내주어라. 그리하면 그대가 온전해질 것이다. 누가 그대에게 일 마일을 함께 걷자고 하면 이 마일을 함께 가라. 누가 그대의 것을 빼앗으면 되돌려 달라고 요구하지 마라. 이것을 그대는 해서는 안 되기 때문이다. 누가 그대의 겉옷을 가져가면 그대의 속옷 또한 주어라. 그대에게 청하는 모든 이들에게 주고, 아무것도 요구하지 마라. 하느님 아버지께서는 당신의 많은 선물이 모두에게 나누어지는 걸 바라시기 때문이다. 계율에 따라 베푸는 자에게 복이 있을지니!

가르침의 두 번째 계명은 이러하다. 살인하지 말고, 간음하지 말고, 음란에 빠지지 말고, 도둑질하지 말고, 마술을 사용하지 말고, 해악을 끼치지 말고, 이웃의 재산을 탐하지 마라. 맹세하지 말고, 거짓 증언을 하지 말고, 악담을 하지 말고, 모욕을 기억하지 마라. 두 마음을 품지 말고, 일구이언하지 마라. 그대의 말을 거짓되거나 공허하게 만들지 말고 그대의 행동과 일치시켜라. 탐내지도, 강탈하지도, 위선적이지도, 성마르지도, 거만하지도 마라. 이웃에게 사악한 의도를 품지 마라. 누구도 증오하지 말고 비난하지 말며, 다른 이들을 위해 기도하고, 그대 자신의 영혼보다 더 사랑하라.

나의 자녀들아! 악과 악의 모든 징조를 피해라. 성내지 마라. 노여움은 살인을 낳기 때문이다. 질투하지도, 싸우지도, 애욕에 빠지지도 마라. 이 모든 것들이 살인에 이르기 때문이다.

나의 자녀들아! 육욕에 이끌리지 마라. 육욕은 음란을 낳기 때문이다. 잡되고 상스러운 말을 하지 마라. 이것으로 간음에 이르기 때문이다.

나의 자녀들아! 거짓을 말하지 마라. 거짓말은 도둑질을 낳기 때문이다. 돈을 좋아하지도 허영을 좋아하지도 마라. 이것들로 역시 도둑질에 이르기 때문이다.

나의 자녀들아! 불평하지 마라. 이것은 불경(不敬)을 낳기 때문이다. 오만하지도, 악을 생각하지도 마라. 이것들로 역시 불경에 이르기 때문이다. 겸허해라. 온순한 이들이 땅을 상속받을 것이기 때문이다. 인내하고, 자비롭고, 관대하고, 겸손하며, 그대들이 듣는 말에 유념해라. 스스로를 높이지 말고, 그대의 영혼을 오만에 굴복시키지도, 그대의 영혼이 거만으로 나아가지도 않게 하며, 겸허하고 올바른 이들과 가까이 지내라. 하느님의 뜻이 없이는 아무것도 일어나지 않음을 알고, 그대에게 일어나는 모든 일들을 축복으로 받아들여라……

나의 자녀들아! 불화의 씨를 뿌리지 말고, 다툼하는 이들을 화해시켜라. 받기 위해 그대의 손을 뻗지도 말고, 주는 것을 방해하지도 마라. 주는 일에 더디지도, 줄 때 불평하지도 마라. 보수를 후하게 쳐주시는 분을 알게 될 것이기 때문이다. 가난한 이들을 외면하지 말고, 모든 일을 그대의 형제와 함께 하며, 어떤 것도 그대의 것이라고 말하지 마라. 그대들이 불멸하는 것을 함께 한다면, 썩어 없어지는 것은 더 많이 함께 하기 때문이다. 그대의 아들딸들에게 하느님에 대한 경외심을 가르쳐라. 그대의 노예가 그대들 모두의 위에 계신 하느님에 대한 경외를 멈추지 않도록, 노하여 다루지 마라. 그분께서는 사람을 차별하지 않으시며, 성령이 준비된 이들을 부르시기 때문이다.

그러나 죽음의 길은 이러하다. 우선 첫째로 격분에 차 있고 저주로 가득하다. 여기에는 살인, 간음, 육욕, 음란, 도둑질, 마술, 독살, 약탈, 거짓 증언, 위선, 기만, 음험함, 자만, 악의, 거만, 외설, 질투, 오만, 주제넘음, 허영이 있다. 여기에는 올바른 이들을 박해하는 자, 진리를 싫어하는 자, 거짓을 사랑하는 자, 정의(正義)의 보수를 인정하지 않고 선한 것이나 올바른 판단으로 나아가지 않는 자, 선한 것이 아닌 악한 것을 위해 깨어 있는 자들이 있고, 온유와 인내는 이들에게서 멀리 떨어져 있다. 여기에는 허영을 사랑하는 자, 보수를 추구하는 자, 이웃을 동정하지 않는 자, 억압받는 이들을 위해 애쓰지 않고 그들의 창조주를 모르는 자들이 있다. 여기에는 아이들을 살해하는 자, 하느님의 상(像)을 파괴하는 자, 가난한 이들을 외면하는 자들이 있다. 여기에는 억압받는 이들을 학대하는 자, 부유한 이들을 옹호하는 자, 가난한 이들을 부정(不正)하게 판단하는 자, 모든 일들에서 죄를 짓는 자들이 있다. 나의 자녀들아, 이 모든 것들을 경계하라!

필사본을 끝까지 읽기 훨씬 전에 줄리어스는 진리를 깨달으려는 진실한 바람으로, 책 즉 다른 사람들의 생각을 읽는 사람들에게 종종 일어나듯이, 자신의 온 영혼으로 그것을 느끼게 한 사람들과 영적 교감을 나누게 되었다. 줄리어스는 계속 읽어 내려가면서 다음에 나올 것들을 미루어 헤아렸고, 책 속에 표현된 생각에 동의할 뿐만 아니라 자신이 그것들을 표현하고 있는 것 같이 느꼈다.

줄리어스는 그 평범하지만 신비하고 의미심장하며, 많은 사람들이 알아차리지 못하는 현상 — 살아 있는 것으로 생각되는 인간이, 저 죽은 것으로 간주되는 이들과 영적 교감을 나눈 직후 정말로 살아 있게 되고, 그들과 하나가 되어 하나의 삶을 살아가는 — 을 경험했다.

줄리어스의 영혼은 그런 생각들을 글로 쓰고 불어넣은 사람과 하나가 되었고, 이런 영적 교감으로 자신과 자신의 인생을 묵상했다. 그러자 모든 게 끔찍한 실수로 생각되었다. 줄리어스는 살아온 것이 아니라, 인생의 모든 걱정과 유혹들로 삶의 가능성을 스스로 파괴해 왔을 뿐이었다.

"나는 내 인생을 망치고 싶지 않아. 나는 살기를 원하고 생명의 길을 따르고 싶어!"

줄리어스가 다짐하듯 말했다.

줄리어스는 이전에 팜필리우스를 만났을 때 그가 자신에게 했던 말을 모두 생각해 냈고, 이제 그 모두가 매우 명확하고 의심할 바가 없어져서 자신이 어떻게 그 낯선 이의 말을 듣고 그리스도인들에게 가려고 했던 의지를 접어 버렸는지 놀라울 정도였다. 줄리어스는 또한 '인생을 경험한 후에 가라!'고 했던 낯선 이의 말을 기억했다.

'이제 나는 인생을 경험했고, 그 속에 아무것도 없다는 걸 깨달았어!'

줄리어스는 또한 그리스도인들은 언제든지 자신을 기쁘게 반길 거라는 팜필리우스의 말을 기억했다.

"그래, 나는 잘못을 했고 충분히 고통을 받았어! 모든 걸 포기하고 그들에게 가서 여기 쓰여 있는 대로 살 거야!"

줄리어스는 아내에게 자신의 계획을 말했고, 아내는 크게 기뻐했다. 아내는 모든 준비가 되어 있었다. 단 한 가지 어려움은 그 계획을 어떻게 실행에 옮길 건지 결정하는 일이었다. 아이들을 어떻게 해야 할 것인가? 함께 데리고 갈 것인가, 아니면 아이들의 조모(祖母)에게 맡길 것인가? 아이들을 어떻게 데려갈 것인가? 섬약하게 양육된 아이들이 거친 생활의 모든 어려움을 과연 극복할 수 있을 것인가? 노예 소녀가 그들과 함께 가겠다고 제안했지만, 줄리어스의 아내는 아이들이 걱정스러웠고, 아이들을 조모에게 남기고 둘만 떠나는 편이 좋겠다고 말했다. 두 사람은 그렇게 하기로 동의했다.

모든 게 결정되었다. 다만 줄리어스의 건강 상태가 그들의 계획을 지연시켰다.

7

그런 마음 상태로 줄리어스는 잠이 들었다. 아침이 되었고, 한 숙련된 의사가 그곳을 방문하는데 자신을 만나고 싶어하며, 빨리 낫게 해 주겠다고 약속했다는 말을 들었다. 줄리어스는 흔쾌히 그를 만나는 데 동의했고, 그 의사가 다름 아닌 그리스도인들과 함께 살려고 마음을 먹었을 때 길에서 우연히 만난 낯선 이임을 알게 되었다. 의사는 상처를 살펴보고 나서 원기를 보충

하는 어떤 약초들을 처방해 주었다.

"제 손으로 일을 할 수 있을까요?"

줄리어스가 물었다.

"물론이오! 글씨를 쓰고 전차를 몰 수 있게 될 거요."

"땅을 파는 힘든 일은요?"

"생각지도 못한 질문이군. 당신 같은 지위에 있는 사람은 그런 일을 할 필요가 없으니 말이오."

의사가 대답했다.

"그 반대로, 꼭 필요한 일입니다."

줄리어스는 의사에게 길에서 그와 헤어진 후 그의 조언을 따라 인생을 경험했으며, 인생이 자신에게 약속했던 것을 주지 않았고 오히려 환멸감을 가져다주었으며, 이제 자신은 전에 이야기했던 그 의지를 실행에 옮기고 싶다고 말했다.

"그들이 분명 모든 속임수를 사용해서 당신의 마음을 호렸고, 그 결과 당신은 당신의 지위와 특히 아이들에 관해 당신에게 지워진 책임에도 불구하고 여전히 그들의 잘못을 발견하지 못하고 있소."

"읽어 보십시오!"

줄리어스가 한마디로 대답하며 자신이 읽고 있는 필사본을 의사에게 건넸다.

의사가 필사본을 받아서 보았다.

"나도 이걸 알고 있소. 이 속임수를 알고 있고, 당신 같은 사람이 그런 함정에 걸려들었다니 놀랍구려."

"이해할 수 없습니다. 뭐가 함정이란 말이죠?"

"그건 모두 삶에 의해 시험(試驗)되오! 인간과 다신교의 신들에 반대하는 이런 궤변가와 모반자들은 모든 인간이 행복하게 되고, 전쟁이나 처형도, 가난이나 악행도, 또 투쟁이나 노여움도 없는 생명의 길을 제안하지. 그리고 모든 인간이 그리스도의 법을 이행하여 싸우지도, 욕망에 굴복하지도, 맹세를 하지도, 폭력을 행하지도, 그리고 다른 나라에 무력을 행사하지도 않는다면 그런 일이 실현된다고 주장하오. 허나 그들은 목적을 수단으로 생각함으로써 자기 자신과 다른 이들을 속이고 있지.

그들의 목적은 싸우지 않고, 맹세로 스스로를 구속하지 않고, 음란에 빠지지 않는 것 등이 있는데, 이런 목적은 오직 공적인 생활에 의해서만 달성될 수 있소. 하지만 그들의 말은 마치 궁술을 가르치는 사람이 '자네의 화살이 일직선으로 날아갈 때 자네는 과녁을 맞히게 될 것이야.'라고 말해야 하는 것과 같소. 문제는 화살을 일직선으로 날아가게 하는 방법이오. 궁술에서는 팽팽한 활시위와 구부리기 쉬운 활, 곧은 화살이 있을 때 그 결과를 얻을 수 있소. 인생도 마찬가지지. 인간이 싸우거나, 음란에 빠지거나, 살인을 저지를 필요가 없는 최상의 삶은 팽팽한 활시위(통치자)와 구부리기 쉬운 활(통치력), 곧은 화살(법의 정의)이 있을 때 달성되는 것이오. 하지만 그들은 더 나은 삶을 구실로 삼아서, 삶을 개선시켰거나 개선시키고 있는 모든 것을 파괴하고 있소. 그들은 정치도, 권력자도, 법도 인정하지 않으니까."

"그렇지만 그들은 만일 인간이 그리스도의 법을 이행하면, 통치자와 권력과 법이 없어도 더 잘 살게 될 거라고 말합니다."

"하지만 인간이 그리스도의 법을 이행할 거라고 보증하는 게 무엇이오? 아무것도 없소! 그들은 이렇게 말하지. '당신은 통치자와 법의 지배 아래 인생을 경험했고, 인생은 완성되지 않았소. 이제 통치자와 법이 없는 인생을 시도한다면, 인생이 완성되게 될 것이오. 당신은 이것을 부인할 수 없소. 왜냐하면 한 번도 이것을 시도해 본 적이 없으니까.' 허나 이건 그 불경스러운 사람들의 명백한 궤변이지. 그렇게 말하는 건 사실상 농부에게 '당신은 땅에 씨를 뿌리고 흙으로 덮었지만, 당신이 바라는 수확을 얻지 못했소. 나는 당신에게 바다에 씨를 뿌리라고 권하오. 그렇게 하면 더 나은 수확을 얻게 될 것이외다. 당신은 한 번도 이것을 시도한 적이 없기 때문에 나의 제안을 부정할 수 없소.'라고 말하는 것과 같은 게 아니오?"

"네, 맞습니다."

줄리어스는 흔들리기 시작했다.

"하지만 그게 전부는 아니지."

의사가 이어서 말했다.

"그 부조리와 불가능을 가정해 봅시다. 그리스도 가르침의 원칙들이 약물처럼 인간의 몸속으로 흘러 들어갈 수 있고, 갑자기 모든 인간이 그리스도의 가르침을 이행하고 하느님과 그들의 형제들을 사랑하며 그 계명을 수행한다고 가정해 봅시다. 그것들을 모두 가정했을 때조차 그들이 가르치는 생명의 길은 여전히 시험받지 않을 것이오. 생명은 끝나고 인류는 사멸하게 될 테니. 그들의 '스승'은 젊은 방랑자였고, 그 신봉자들도 그렇게 될 것이며, 우리의 가정에 따라 만약 그의 가르침을 좇는다면 온 세상이 그렇게 될 것이오. 살아 있는 자들은 그들의 시간을 이어갈 테지만, 그들의 아이들은 살아남지 못하거나 거의 열에 한 명도 남아 있지 않게 될 것이오. 그들의 가르침에 따르면, 모든 아이들은 모든 어머니와 모든 아버지에게 있어 그들이 낳았건 낳지 않았건 같아야 하오. 어머니라는 존재에 심어진 모든 헌신과 사랑이 그들이 낳은 아이들을 지켜 내지 못하는 걸 보게 될 때, 그런 아이들이 어떻게 보살핌을 받게 되겠소? 이런 헌신이 모든 아이들에게 똑같이 공유되는 동정(同情)으로 바뀌었을 때 무슨 일이 일어나겠소? 어떤 아이가 보살핌을 받고 생존하게 되겠소? 병들고 악취가 나는 아이를 그 어머니가 아니면 누가 뜬눈으로 밤을 새울 것이오? 자연은 아이들에게 어머니의 사랑이라는 보호막을 주었지만, 저 그리스도인들은 그 보호막을 빼앗고 싶어할 뿐, 그것을 대신할 어떤 것도 제공하지 않고 있지!

누가 아들을 교육시킬 것이며, 어떤 아들이 아버지처럼 자신의 영혼을 통찰할 것이오? 누가 아들을 위험에서 지킬 것이오? 이 모든 것을 그리스도인들은 거부하고 있소! 모든 생명, 곧 인류의 존속이 끝나는 것이지."

"그 또한 맞습니다."

줄리어스는 의사의 능변에 도취되었다.

"그러니 그런 헛소리에 조금도 개의치 말고, 이성적으로 사시오. 특히 당신에게는 지금 중대하고 심각하며 절실한 책임이 있소. 당신이 그 책임을 완수하는 건 명예의 문제요. 당신은 의심을 품는 두 번째 시기에 이르렀지만, 계속 가다 보면 그 의심들은 자취를 감추게 될 것이오. 당신의 첫째가는 분명한 의무는 지금까지 방치했던 아이들의 교육이오. 당신은 아이들을 나라의 훌륭한 봉사자가 되도록 가르쳐야 하오. 현(現) 정치 구조는 당신에게 당신이 가진 모든 것을 주었고, 따라서 당신은 스스로 그것에 봉사하고 당신의 아이들을 훌륭한 봉사자로 내주어야 하오. 그렇게 함으로써 또한 아이들에게 은혜를 베풀게 되는 거요. 당신의 또 다른 의무는 이 사회에 공헌하는 것이오. 당신은 뜻밖의 사고와 일시적인 실패로 굴욕감을 느끼고 용기를 잃었소. 허나 노력과 고투 없이 얻어지는 건 아무것도 없고, 승리의 기쁨은 오직 그 승리를 가까스로 쟁취했을 때만 의미 있는 것이지. 그리스도교 저자들의 허튼소릴랑 당신의 아내나 즐기게 내

버려 두시오. 당신은 장부(丈夫)가 되어야 하고, 당신의 아이들을 장부로 키워야 하오. 의무를 자각하며 살기 시작하시오. 그러면 당신의 모든 의심이 저절로 사라질 것이오. 그 의심들은 당신의 병으로 말미암은 것이지. 나라에 봉사하고 아이들을 나라에 봉사하도록 준비시킴으로써 국가에 대한 당신의 의무를 다하시오. 아이들이 성장하면 당신의 자리를 대신할 수 있게 될 것이고, 그때 당신의 마음을 끌어당기는 삶으로 평화롭게 나아가시오. 그때까지 당신에겐 그렇게 할 권리가 없고, 만일 그렇게 한다면 오직 고통만을 마주하게 될 것이오."

8

약초의 효과 때문인지 아니면 현명한 의사의 조언 덕분인지 줄리어스는 빠르게 회복했고, 그리스도인의 삶을 살겠다는 계획은 이제 그에게 헛소리처럼 생각되었다.

의사는 며칠을 머문 뒤 그 도시를 떠났다. 줄리어스는 곧 병상에서 일어났고 의사의 조언대로 새로운 삶을 시작했다. 아이들을 위해 선생들을 구하고 아이들의 공부를 손수 감독했다. 줄리어스는 공무(公務)에 시간을 쏟아 부었고, 머지않아 그 도시에서 큰 영향력을 미치는 사람이 되었다.

그렇게 일년이 흘렀고, 그 시간 동안 줄리어스는 그리스도인들을 까맣게 잊어버렸다. 그러나 그해가 끝날 무렵, 로마 황제의 지방 총독이 그리스도교 활동을 억압하기 위해 길리기아에 도착했고, 다소에서 재판이 열렸다. 줄리어스는 그리스도인들에게 취해지고 있는 조처에 대해 들었지만 전혀 관심을 기울이지 않았고, 그것들이 팜필리우스가 살고 있는 공동체와 관련이 있다고도 생각하지 않았다. 그러던 어느 날 줄리어스가 직무를 수행하기 위해 공공 광장을 걸어가고 있을 때, 초라한 행색의 나이가 지긋한 한 남자가 줄리어스에게 다가왔다. 줄리어스는 처음에 그가 누구인지 알아보지 못했다. 팜필리우스가 손에 아이를 이끌고 가까이 다가와서 말했다.

"여보게, 잘 있었나! 자네에게 큰 부탁을 해야 하지만, 그리스도인들이 박해를 받는 상황에서 자네가 날 친구로 인정하고 싶을지 어떨지, 또 나와의 관계 때문에 혹시 자네의 지위를 잃지 않을까 두려워하는 건 아닌지 잘 모르겠군."

"난 아무도 두려워하지 않는다네."

줄리어스가 말했다.

"그 증거로 자네를 우리 집에 초대하지. 자네와 이야기를 나누고 자네를 돕기 위해 이곳에서 해야 할 일도 기꺼이 포기함세. 자, 날 따라오게. 그런데 이 아이는 누군가?"

"내 아들이야."

"물어볼 필요가 없었는데 그랬군. 푸른 두 눈하며 자네를 많이 닮았어. 자네의 아내가 누구인지도 물을 필요가 없지. 몇 년 전 자네와 함께 보았던 그 아름다운 여자일 테니까."

"자네 추측이 맞아. 그때 자네와 헤어지고 곧 결혼을 했지."

집에 도착하자마자 줄리어스는 아내를 불러 팜필리우스의 아들을 맡겼다. 그런 다음 팜필리우스를 호사스럽게 꾸민 자신의 밀실로 데려갔다.

"여기에선 자유롭게 말할 수 있어. 아무도 우리의 말을 못 들을 테니까."

"그건 두렵지 않네."

팜필리우스가 말했다.

"내 요구는 체포된 그리스도인들이 재판을 받고 처형되어서는 안 된다는 게 아니라, 그들에게 그들의 신앙을 널리 공표할 수 있도록 허락해야 한다는 것일세."

팜필리우스는 당국에 붙잡힌 그리스도인들이 어떻게 감옥에서 그들의 상태를 알리는 말을 전할 수 있었는지 이야기해 주었다. 그리고 팜필리우스와 줄리어스의 관계를 알고 있던 장로 시릴이 그리스도인들을 위한 중재를 위해 팜필리우스를 보냈다. 그들은 자비를 구하지 않았다. 그들은 그리스도 가르침의 진리를 증언하는 것을 그들의 천직으로 여겼고, 80년이라는 세월 동안 순교의 길을 감으로써 또한 그들의 본분을 다할 수 있었다.

그들은 또한 무관심하게 어느 운명이든 받아들일 것이었고, 필연적으로 그들을 엄습할 육체적 죽음은 50년 후에 맞이할 때와 마찬가지로 기꺼이 그리고 아무런 두려움 없이 받아들여지고 있었다. 하지만 그들은 자신들의 죽음으로 같은 인간에게 봉사하기를 원했고, 그런 까닭에 팜필리우스를 보내 그들의 재판과 처형이 사람들 앞에서 행해져야 한다고 요구했다.

줄리어스는 팜필리우스의 말을 듣고 깜짝 놀랐지만, 팜필리우스를 돕기 위해 자신이 할 수 있는 모든 일을 하겠다고 약속했다.

"우리의 우정과 또 자네가 항상 내게 불러일으킨 배려라는 그 특별한 감정으로 자네를 돕겠다고 약속하지. 하지만 자네들의 가르침을 가장 어리석고 해로운 것으로 생각한다는 걸 말하지 않을 수 없군. 내가 이런 판단을 할 수 있는 이유는 얼마 전 건강이 나쁘고 낙심하고 실의에 빠졌을 때, 다시 한 번 자네의 견해를 공유한 뒤 정말로 모든 것을 버리고 자네의 공동체에서 함께 살려고 했었기 때문이지. 이제 나는 자네들의 잘못이 어디에 근거하고 있는지 알고 있네. 내 자신이 그걸 경험했으니까. 자네들의 오류는 자기애와 나약한 정신, 무기력에 근거하고 있어. 그건 남자들이 아닌, 여자들을 위한 교리야."

"어째서 그렇지?"

"자네들은 불화가 인간의 본성에 내재해 있고 거기에서부터 분쟁이 발생한다는 걸 인정하면서도, 그 분쟁에 관여하거나 다른 이들에게 그렇게 하라고 가르치길 원하지 않아. 그리고 그 짐에 대한 자네들의 몫을 거부하면서 폭력에 기초한 이 세상의 조직을 이용하고 있지. 그게 올바른가? 우리 세상이 존재하는 건 언제나 통치자들이 있었다는 사실 덕분이야. 통치자들은 우리를 나라 밖과 나라 안의 적들로부터 방어하는 무거운 짐과 모든 책임을 스스로 떠맡았고, 그 보답으로 우리 국민들은 그들에게 복종하고 경의를 표하거나 국가에 봉사함으로써 그들을 도왔지. 하지만 오만한 자네들은 국가의 일에 참여해서 자네들의 노력과 공적(功績)의 정도에 따라 점점 더 높은 지위에 오르는 대신, 모든 인간은 평등하다고 공언함으로써 아무도 자네들보다 높지 않게 만들고 스스로를 로마 황제와 동등하다고 간주하네. 그게 바로 자네들의 생각이고 다른 사람들에게 생각하라고 가르치는 것이지. 약하고 게으른 이들에게 그건 굉장한 유혹이야! 모든 노예들이 일을 그만두고 당장 자신들을 로마 황제와 동등하다고 여기니까. 이것뿐만이 아니네. 자네들은 조세와 세금과 노예제, 법정, 처형, 전쟁 등 사람들을 하나로 묶는 모든 것을 부정해. 만약 사람들이 자네들의 말에 귀를 기울인다면, 사회는 해체되고 우린 원시적인 야만으로 돌아가야 하지.

  정부의 보호를 받으며 살고 있으면서 자네들은 정부의 파괴를 설교하고 있어. 하지만 자네들의 생존은 바로 그 정부에 달려 있지. 정부가 없으면 자네들은 생존하지 못할 테니까. 자네들 모두 자네들의 존재를 처음 듣게 된 스키타이나 야만족의 노예가 될 거야. 자네들은 육신을 파괴하지만 그 육신 위에서만 증식할 수 있는 종양과도 같아. 살아 있는 육신은 그 종양에 저항하고 종양을 극복하지! 우리도 자네들에게 똑같이 하고 있고, 그렇게 하지 않을 수가 없어. 자네가 바라는 것을 얻도록 돕겠다고 약속했음에도 불구하고, 난 자네들의 가르침을 가장 해롭고 야비하다고 생각하네. 야비하다고 말하는 이유는 자네들이 자네들의 젖줄을 갉는 불명예스럽고 부정한 행위를 하고 있기 때문이야. 자네들은 정부의 질서를 이용하면서 참여하지는 않고, 국가가 유지되는 그 질서를 파괴하고 있어!"

"우리가 정말로 자네가 가정하는 것처럼 산다면, 자네의 말은 상당히 타당할 것이네."

팜필리우스가 말했다.

"하지만 자네는 우리의 삶을 알지 못하고, 우리의 삶에 대해 그릇된 생각을 품고 있어. 우리가 사용하는 생존의 수단은 폭력의 원조 없이 얻어질 수 있는 것이지. 사치스러운 습관에 젖어 있는 자네는 인간이 궁핍하지 않고도 얼마나 적게 가지고 살아갈 수 있는지 깨닫기가 어려울 거야. 건강한 사람은 생존하기 위해 자신에게 필요한 것들보다 훨씬 더 많은 것을 자신의 손으로 생산할 수 있어. 우리는 하나의 공동체를 이루고 살기 때문에 함께 일해서 우리의 아이들과 노인들, 병들고 약한 이들을 어려움 없이 부양할 수 있네. 자네는 통치자들이 사람들을 외부와 내부의 적들로부터 보호한다고 말하지만, 우린 우리의 적을 사랑하기 때문에 적이 존재하지 않아. 자넨 우리 그리스도인들이 노예들에게 로마 황제가 되라며 선동한다고 주장하지만, 그 반대로 우린 말과 행동 모두를 통해 한 가지를 공언하지. 바로 노동하는 인간의 인내하는 겸손과 가장 겸허한 노동이네. 우리는 정치적인 문제에 대해 알지도 이해하지도 못해. 우리는 오직 한 가지만을 알고 있고, 우리의 행복한 삶이 오로지 다른 이들의 선에 있다고 확신하지. 우리는 그 행복한 삶을 추구하네. 모든 인간의 복지(福祉)는 서로 화합하는 데 있고, 화합은 폭력이 아닌 사랑에 의해서 성취되지. 여행자에게 위해(危害)를 가하는 산적들의 폭력은 포로에 대한 군대의 폭력 혹은 처형되는 이들에 대한 재판관의 폭력만큼 우리에게 잔학하고, 우린 계획적으로 그런 일에 참여할 수가 없네. 또한 우리는 폭력에 의해 강요된 다른 이들의 노동에서 덕을 입을 수가 없어. 폭력이 우리에게 나타나지만, 폭력에 대한 우리의 참여는 폭력을 가하는 것이 아니라 우리에게 가해지는 폭력을 순종적으로 견디는 데 있지."

"아니, 자네들은 사랑에 대해 설교하지만 그 결과를 보면 완전히 다른 것으로 판명이 나지. 야만과 미개로의 회귀, 살인, 약탈, 폭력 등 자네들의 교리에 따르면 어떤 식으로든 억눌려져야만 하는 것들로 이끄니까."

"아니, 그렇지 않아."

팜필리우스가 말했다.

"만일 자네가 우리의 가르침과 삶의 결과를 정말로 주의 깊고 공평하게 고찰한다면, 자넨 그것들이 살인과 약탈과 폭력을 이끌지 않는 것은 물론이고 도리어 그러한 죄들을 우리가 행하는 수단으로 막을 수 있다는 걸 알게 될 걸세. 살인과 약탈과 모든 해악은 그리스도교 신앙이 있기 오래전부터 존재했고, 인간은 항상 그것들과 싸우면서도 이기지 못했네. 우리가 한탄하는 수단, 즉 폭력에 폭력으로 맞서는 방법을 사용했기 때문이지. 이것은 결코 죄를 저지할 수 없고, 오히려 증오와 격분의 씨를 뿌림으로써 죄를 더욱 유발시킬 뿐이야.

저 강력한 로마 제국을 보게. 로마만큼 법에 대해 많은 공을 들이는 곳은 아무 데도 없지. 법을 연구하고 완성시키는 일이 특수한 학문을 이루고 있어. 학교에서는 법을 가르치고, 원로원에서는 법을 토론하고, 가장 많이 교육받은 시민들이 법을 만들고 집행하네. 법의 정의가 가장 높은 미덕으로 여겨지고, 재판관들은 그들 특유의 존경을 받네. 그럼에도 불구하고 이 세상에 로마만큼 죄와 타락으로 물든 도시는 어디에도 없다는 걸 우리는 알고 있지. 로마의 역사를 기억해 보게. 법이 매우 원시적이던 옛날에 로마인들은 많은 미덕을 갖고 있었지만, 우리 시대에는 법의 정교함과 법률의 시행에도 불구하고 시민들의 도덕이 날로 악화되고 있지. 죄의 수는 끊임없이 증가하고, 날마다 더 다양하고 더 복잡해지고 있네.

죄와 악은 보복과 형벌, 폭력이라는 이교도의 방법이 아니라 사랑이라는 그리스도교의 방법에 의해서만 성공적으로 막아 낼 수 있어. 나는 자네가 인간이 형벌에 대한 두려움 때문이 아니라 자발적으로 악행을 그만두길 원할 거라고 확신하네. 인간이 단지 교도관들이 지켜보기 때문에 죄를 삼가는 죄수처럼 되는 걸 자네는 바라지 않을 거야. 어떤 법이나 제한, 형벌도 인간으로 하여금 악행을 싫어하거나 선행을 바라도록 만들지 못해. 그건 오직 인간의 마음속에서 악의 뿌리를 뽑아 버릴 때 가능하다네. 그게 바로 우리가 목표로 하는 것이지. 자네들은 단지 눈에 보이는 악의 현시(顯示)만을 억누르려 할 뿐이야. 자네들은 악의 근원을 찾지 않고 그것이 어디에 있는지도 모르기 때문에 결코 발견할 수가 없어.

가장 흔히 저지르는 살인과 약탈과 사기는 자신의 소유물을 늘리거나, 심지어 다른 방법으로는 조달이 불가능한 생필품을 손에 넣으려는 인간의 욕망 때문에 일어나지. 이런 죄들은 법의 처벌을 받지만, 결과에 있어서 가장 중요하고 광범위한 영향을 미치는 것들은 법의 비호 아래 행해지네. 가령 거대한 상업 사기와 부자들이 가난한 이들의 것을 빼앗는 무수히 많은 방법들 말이야. 법의 처벌을 받는 죄들은 실제로 어느 정도까지 억제될지도 모르지만, 죄인들은 처벌에 대한 두려움으로 더 신중하고 교활해지며 법의 손이 미치지 않는 새로운 범죄 방식을 생각해내지. 하지만 그리스도인의 삶을 살아감으로써 인간은 이런 모든 죄들로부터 스스로를 지키게 돼. 이런 죄들은 한편으로 돈과 재산을 얻으려는 투쟁과, 다른 한편으로 극히 소수의 사람들에게 불평등하게 집중된 부 때문에 발생하지. 도둑질과 살인을 막는 우리의 방법은 생활에 꼭 필요한 만큼만 유지하고 우리의 수고로 얻어진 여분의 모든 산물을 다른 이들에게 주는 거야. 우리 그리스도인은 눈에 보이는 축적된 부로 사람들을 유혹에 빠뜨리지 않아. 우린 생계에 족한 것 이상은 거의 소유하지 않으니까. 절망에 빠지고 빵 한 조각을 얻기 위해 당장에라도 죄를 저지를 수 있는 굶주린 사람이 만일 우리에게 온다면, 어떤 죄도 짓지 않고 자신이 원하는 모든 것을 발견하게 될 거야. 우리가 가진 모든 것을 춥고 배고픈 이들과 함께 나누는 게 바로 우리가 사는 목적이니까. 악행을 저지르는 사람들의 한 부류는 우리를 피하지만, 다른 부류는 우리에게 의지해서 죄를 짓는 삶을 버리고 점차 모두의 선을 위해 부지런히 일하고 애쓰는 사람으로 변하지.

다른 죄는 질투와 복수심, 육체적인 사랑, 분노, 증오에 의해 유발되네. 이런 죄들은 법에 의해 억눌려질 수가 없지. 이런 죄를 짓는 사람은 억제할 수 없는 격정의 잔인하고 포학한 상태에 놓여 있어. 자신의 행위가 가져올 결과를 숙고할 능력이 없고, 이건 오히려 감정을 격앙시킬 뿐이야. 따라서 법은 이런 죄들을 막아 내는 데 무력하다네. 하지만 우리는 인간이 오직 영혼에서 인생의 의미와 만족을 찾을 수 있고, 자신의 열정에 굴복하는 한 결코 행복을 발견할 수 없다는 걸 믿고 있지. 우리는 사랑과 노동의 삶으로 우리의 열정을 다스리고, 우리 안에 영혼의 힘을 키우네. 우리의 신앙이 깊이 그리고 널리 퍼져 나갈수록 죄는 반드시 더 드물게 발생하게 될 거야.

죄의 세 번째 종류는 인간을 도우려는 욕망에서 발생하네. 어떤 혁명적인 동모(同謀)자들은 사람들의 운명에서 고통을 덜어 주려는 열망으로 폭군들을 죽이지. 그리고 그것으로 대다수의 사람들에게 선을 행하고 있다고 생각해. 이런 죄의 원천은 악을 저지름으로써 선을 행할 수 있다는 믿음에 있어. 이런 죄들은 관념에 의해 촉발되기 때문에 법의 처벌로 진압되지 않고, 도리어 그것에 자극을 받아 더욱 거세지네. 그들의 잘못된 생각에도 불구하고 이런 죄를 범하는 사람들은 숭고한 동기, 즉 인류에 봉사하려는 욕망에서 그런 일을 하지. 그들은 거짓이 없고, 기꺼이 스스로를 희생하며 위험 앞에서 움츠리지 않아. 처벌에 대한 두려움은 그들을 막지 못하지. 그러기는커녕 위험이 그들을 자극하고, 고통과 처형이 그들에게 영웅적인 위엄을 가져다주고 그들에 대한 동정과 공감을 불러일으키며, 다른 이들에게 그들의 본보기를 따르도록 선동한다네. 우린 모든 나라의 역사에서 이것을 보고 있어. 하지만 우리 그리스도인들은 오직 인간이 자신과 다른 이들 모두에게 악이 초래하는 불행을 이해할 때만 악이 소멸된다고 믿고 있지. 우린 우리 모두가 형제가 되었을 때 비로소 형제애를 이룰 수 있다는 걸 알고 있네. 형제들이 없는 형제애란 불가능하니까.

비록 혁명적인 동모자들에게서 과오를 보기는 해도, 우린 그들의 진심과 이타심을 인정하고 그들 안에 있는 '선'에 마음이 이끌리지.

그렇다면 우리들 중 누가 죄와 투쟁하고 악을 진압하는 데 더 성공적이라고 생각하나? 삶을 통해 어떤 악도 초래되지 않는 영적인 존재의 행복을 증명하고, 모범과 사랑이라는 수단으로 사람들을 설득하는 우리 그리스도인들인가, 아니면 통치자와 재판관들이 법이라는 사문(死文)에 의거해 판결을 내리고, 그 희생자들을 파멸시키며, 그들을 격분이라는 최후의 상태로 몰아가는 자네들인가?"

"누가 자네의 말을 들으면 거의 자네가 옳을지도 모른다고 생각하기 시작할 거야."

줄리어스가 말했다.

"하지만 말해 보게. 왜 사람들이 자네들에게 적대적이지? 왜 사람들이 자네들을 박해하고, 잡아들이고, 죽이는 건가? 왜 사랑이라는 자네들의 가르침이 불화를 낳는 거야?"

"그 이유는 우리 내부가 아닌 외부에 있어. 지금까지 나는 국가와 우리 그리스도인 모두가 생각하는 그런 죄에 대해 말했네. 이런 죄들은 어떤 국가의 일시적인 법규를 어기는 폭력의 양식을 만들어 내지. 그러나 이것 말고 인간에게 심어진 다른 법이 있다네. 영원하고, 모든 인간에게 공통적이며, 인간의 마음에 쓰여 있는 법이지. 우리 그리스도인들은 이런 신성하고 보편적인 법을 따르며, 그 법의 가장 충만하고 명백하고 가장 완전한 실현을 예수 그리스도의 말씀과 삶에서 발견하고 있어. 우리는 그리스도의 명령을 거스르는 폭력을 죄로 생각하네. 그리스도의 명령이 하느님의 법을 표현하고 있기 때문이지. 우린 불화를 피하기 위해 우리가 살고 있는 나라의 국가법 역시 따라야 한다고 생각하지만, 우리의 양심과 이성을 다스리는 하느님의 법을 최고로 여기고 있고, 따라서 그 신성한 법과 충돌하지 않는 인간의 법만을 따를 수 있을 뿐이야. '카이사르의 것은 카이사르에게 돌리고 하느님의 것은 하느님께 돌려라.'라고 말씀하셨지. 그런 까닭에 죄에 대한 우리의 투쟁이 국가의 투쟁보다 더 깊고 더 넓다네. 우린 우리가 우연히 살게 된 특정한 나라의 법을 어기지 않으면서, 무엇보다 모든 인간의 본성에 공통적인 법인 하느님의 뜻을 거스르지 않기 위해 애쓰고 있으

니까. 우리가 하느님의 법을 가장 높은 법으로 여기기 때문에 사람들이 우리를 미워하고 두려워하는 거라네. 그들은 어떤 특정한 법, 가령 그들 나라의 법이나 심지어 그들 계급의 어떤 관습을 최고라고 여기고 있지. '진리가 너희를 자유롭게 하리라.'는 그리스도 말씀으로 볼 때 그들은 진정한 인간이 될 수 없거나 또는 그렇게 되고 싶어하지 않아. 그들은 이런저런 국가의 국민이나 사회의 일원으로서 그들의 위치에 만족하고, 따라서 자연히 인간의 보다 높은 운명을 보고 그것을 공언하는 사람들을 향해 적의(敵意)를 느끼지. 스스로 이런 보다 높은 운명을 이해할 수 없거나 이해하길 원하지 않기 때문에, 다른 사람들에 대해서도 그것을 인정하고 싶어하지 않는 거야. 그러한 일에 대해 그리스도는 이렇게 말씀하셨지. '너희 율법 교사들은 화를 입을 것이다! 너희는 지식의 열쇠를 치워 버렸고, 자기도 들어가지 않으면서 들어가려는 사람마저 들어가지 못하게 하였다.' 그들이 자네의 마음에 의심을 일으키는 박해의 장본인들이라네.

우린 어떤 사람에 대해서도 적의가 없어. 심지어 우리를 박해하는 이들에 대해서도 그렇지. 그리고 우리의 삶은 아무에게도 해를 끼치지 않네. 만일 사람들이 우리에게 화를 내고 우리를 증오하기까지 한다면, 그건 오직 우리의 삶이 폭력에 근거한 그들의 삶을 끊임없이 비난하는 고통거리이기 때문이야. 우린 우리에게서 생겨나지 않는 이런 적의를 막을 수가 없어. 왜냐하면 우리가 이해하는 진리를 잊을 수도 없고, 또 우리의 양심과 이성에 반(反)하는 삶을 살 수 없기 때문이지. 우리의 신앙이 다른 이들에게 불러일으키는 적개심에 대해 그리스도는 '내가 세상에 평화를 주러 온 줄로 생각하지 마라. 평화가 아니라 칼을 주러 왔다!'라고 말씀하셨네. 그리스도 당신이 이런 적개심을 경험하셨고, 우리 제자들에게 다시 한 번 경고하셨지. '세상이 너희를 미워하거든 너희보다도 나를 먼저 미워했다는 것을 알아두어라. 너희가 만일 세상에 속한 사람이라면 세상은 너희를 한 집안 식구로 여겨 사랑할 것이다. 그러나 너희는 세상에 속하지 않았을 뿐더러 오히려 내가 세상에서 가려낸 사람들이기 때문에 세상이 너희를 미워하는 것이다. 그리고 너희를 죽이는 사람들이 그런 짓을 하고도 그것이 오히려 하느님을 섬기는 일이라고 생각할 때가 올 것이다.'

하지만 우리는 그리스도처럼, 육신을 죽이고 그리하여 우리에게 그 이상 아무것도 할 수 없는 그들을 두려워하지 않는다네. 육신의 고통과 죽음은 어떤 인간도 지나치지 않지만, 우리는 빛으로 살고 따라서 우리의 삶이 육신에 의지하지 않기 때문이지. 우리를 공격해서 고통을 받는 건 바로 우리가 아니라, 그들의 가슴에 뱀처럼 키우고 있는 적의와 증오의 감정으로 고통 받는 우리의 박해자와 적들이라네. '빛이 세상에 왔지만 사람들은 자기들의 행실이 악하여 빛보다 어둠을 더 사랑했다. 이것이 벌써 죄인으로 판결 받았다는 것을 말해 준다.' 결국 진리가 승리할 것이기 때문에 이것에 대해 당혹할 필요가 없지. 양들은 목자(牧子)의 소리를 듣고 그를 따라가네. 목자의 목소리를 알고 있으니까. 그리스도 신자들은 멸망하지 않고, 지상의 모든 나라들에서 새 양들을 불러 모아 서서히 증가하게 될 거야. 성령이 불고 그대는 그 소리를 듣지만 어디서 불어와 어디로 가는지는 알 수 없기 때문이지."

"하지만 자네들 중에 거짓 없이 진실한 사람이 많은가?"

줄리어스가 팜필리우스의 말을 중단시켰다.

"자네들은 종종 순교자인 양 진리를 위해 죽는 것을 기뻐할 뿐이라고 비난을 받지. 그러나 진리는 자네들 편이 아니야. 자네들은 사회생활의 모든 근간을 파괴하는 광인들을 자랑으로 여기고 있어!"

팜필리우스는 아무런 대답 없이 슬프게 줄리어스를 바라보았다.

9

바로 그때 팜필리우스의 어린 아들이 방으로 뛰어 들어와 아버지 옆에 꼭 붙어 섰다.

줄리어스의 아내가 다정하게 대해 주었음에도 불구하고, 팜필리우스의 아들은 아버지를 찾기 위해 그녀의 방에서 빠져나왔다. 팜필리우스는 한숨을 쉬고 아들을 꼭 껴안은 뒤 가려고 자리에서 일어섰지만, 줄리어스가 저녁을 먹고 이야기를 좀 더 나누자며 붙잡았다.

"난 자네가 결혼을 해서 아이들을 낳은 걸 알고 깜짝 놀랐네."

줄리어스가 말했다.

"자네 그리스도인들이 어떻게 재산 하나 없으면서 가족을 부양할 수 있는지 이해할 수 없으니까. 어떻게 그리스도인 어머니들은 아이들에게 부족한 게 있다는 걸 알면서도 평화롭게 살 수 있는 거지?"

"왜 우리의 아이들이 자네들의 아이들보다 부족한 게 많다고 생각하나?"

"자네들에겐 노예도 재산도 없기 때문이지. 내 아내는 그리스도교에 많이 끌리고 있어. 우리의 생활 방식을 포기하고 싶어 한 적도 있으니까. 그리고 나도 아내와 함께 그렇게 할 작정이었지. 하지만 아내는 아이들에게 닥칠 불안정과 가난을 두려워했고, 나도 아내의 생각에 동의하지 않을 수 없었어. 내가 다쳐서 누워 있을 때의 일이었지. 그땐 내 모든 삶의 방식에 염증을 느꼈고, 다 버리길 원했어. 하지만 아내의 두려움과 나를 치료했던 의사가 해 준 말이 자네처럼 사는 그리스도인의 삶이 비록

가족이 없는 사람들에게는 옳고 가능할지 몰라도, 가족이 있는 사람들이나 아이들이 있는 어머니에게는 불가능하다는 걸 깨닫게 해 주었어. 또 하나 자네들의 견해로는 삶 그 자체, 즉 인류가 생존을 멈추게 될 거라는 것도 말이야. 그건 내게 상당히 타당해 보이네. 그래서 아들과 함께 있는 자네의 모습이 날 매우 놀라게 한 거야."

"이 아이 말고도 집에 젖먹이와 세 살배기 딸이 있어."

"하지만 나는 이해가 안 돼! 일년 전쯤 나는 모든 것을 포기하고 자네들과 함께 살 각오가 되어 있었어. 그렇지만 내겐 아이들이 있었고, 자네들의 삶이 나를 위해 아무리 좋을지라도 나에겐 아이들을 희생시킬 권리가 없다는 게 분명해 보였지. 그래서 난 아이들을 위해 이곳에 남았고, 내 자신이 성장하고 살아온 환경에서 아이들이 자랄 수 있도록 종전대로 살고 있어."

"우린 놀랄 만큼 사물을 다르게 바라보는군."

팜필리우스가 말했다.

"우리는 어른들이 세속적인 방식으로 사는 건 변명의 여지가 있을지도 모른다고 말하지. 어른들은 이미 더럽혀졌으니까. 하지만 아이들에게 그건 끔찍한 일이네. 세속적인 방식으로 아이들을 키우는 건 아이들을 유혹에 그대로 노출시키는 거니까! '사람을 죄짓게 하는 이 세상은 참으로 불행하다. 이 세상에 죄악의 유혹은 있게 마련이지만 남을 죄짓게 하는 사람은 참으로 불행하다!' 나는 자네를 반박하기 위해서가 아니라 그것이 참으로 사실이기 때문에 그리스도의 말씀을 전하는 거야. 우리가 지금처럼 사는 주된 이유는 바로 우리들 가운데 아이들이 있다는 사실 때문이지. 그리스도께서는 '너희가 생각을 바꾸고 어린이와 같이 되지 않으면 결코 하늘나라에 들어가지 못할 것이다.'라고 말씀하셨어."

"하지만 그리스도 가족이 어떻게 확실한 생계 수단도 없이 살아갈 수 있는 건가?"

"우리의 믿음에 따르면 단 한 가지 수단이 있네. 바로 인간을 위해 사랑으로 일하는 것이지. 자네들의 방법은 폭력이야. 하지만 그 방법은 실패하고, 부가 무너지듯 무너질지도 모르네. 그럼 오직 노동과 인간의 사랑만이 남게 되지. 우린 사랑이 모든 것의 근본이며, 굳게 지켜지고 증가되어야 한다고 생각해. 그리고 그렇게 되었을 때 가족이 살고 번영하는 것이지.

만일 내가 그리스도 가르침의 진리를 의심하거나 따르기를 주저한다고 한다면, 그 의심과 주저함은 자네가 살아왔고 자네의 아이들이 양육되는 이교도의 환경에서 성장한 아이들의 운명을 생각할 때 당장 사라지고 말 걸세. 어떤 사람들이 궁전과 노예와 다른 나라에서 들여온 것들로 삶을 어떻게 조직하든, 사람들 대부분의 삶은 그대로 유지될 것이네. 그리고 그 삶에 대한 담보는 언제나 같게 될 거야. 바로 형제애와 노동이지. 하지만 사람들은 자신과 자신의 아이들이 이런 조건에서 면제되기를 바라고, 다른 이들로 하여금 사랑이 아닌 폭력이라는 수단으로 그들을 위해 일하도록 만들기를 원하지. 이상한 이야기지만 외관상 그것으로 스스로를 보증할수록 실제로는 당연하고 확실한 진짜 담보를 스스로 더욱 박탈하게 돼. 통치자의 권력이 클수록 그가 받는 사랑은 더욱 줄어들지. 다른 담보인 노동도 마찬가지야. 사람들이 노동에서 벗어나 사치에 익숙해질수록 일하는 능력을 더욱 잃게 되고, 확실한 진짜 담보를 자기 자신에게서 더욱 빼앗는 거니까. 그런데도 사람들은 그들의 아이들을 이런 상태에 놓아두면서 '아이들을 부양했다!'고 말하지. 자네 아들과 내 아들을 데려다가 지시를 내리고 어딘가로 보내거나 어떤 필요한 일을 시켰을 때, 자넨 어느 아이가 그 일을 더 잘 수행하는지 알게 될 걸세. 혹은 두 아이에게 교육을 받게 했을 때, 어느 아이가 보다 쉽사리 받아들이게 되는지 알게 될 거야. 그러니 그리스도인의 삶이 오직 아이들이 없는 이들에게 가능하다는 끔찍한 말은 하지 말게! 도리어 이교도의 삶이 아이들이 없는 이들에게만 용서될 수 있을지 모른다고 말할 수 있을지 몰라. '이 어린 것들 가운데 누구 하나라도 죄짓게 하는 자에게 화가 있으라.'"

줄리어스는 한동안 침묵했다.

"그래, 어쩌면 자네가 옳을지도 모르지."

마침내 줄리어스가 말했다.

"하지만 내 아이들의 교육은 시작됐고, 난 최고의 선생들을 구해 주었지. 아이들에게 우리가 아는 모든 것을 배우게 하겠네. 그런다고 해가 될 리는 없으니까. 나와 아이들 모두에게 시간은 충분히 있어. 아이들은 자라서 만약 그것이 필연적이라고 느끼면 자네들에게 갈 수 있어. 나 역시 아이들을 모두 키우고 의무에서 자유로워졌을 때 그렇게 할 수 있지."

"진리를 알면 진리가 자네를 자유롭게 할 거야."

팜필리우스가 말했다.

"그리스도는 즉시 완벽한 자유를 주지만, 세상의 가르침은 결코 그것을 주지 않을 걸세. 그럼 잘 있게나!"

팜필리우스는 아들을 불러서 함께 떠났다.

그리스도인들은 사람들 앞에서 형을 선고받고 처형되었으며, 줄리어스는 다른 그리스도인들과 함께 순교자들의 시신을 거두는 팜필리우스의 모습을 보았다.

하지만 줄리어스는 보다 높은 당국자들에 대한 두려움으로 팜필리우스에게 가까이 다가가거나 자신의 집으로 초대하지 않았다.

10

그후 20년의 세월이 지나갔고, 줄리어스의 아내는 세상을 떠났다. 줄리어스의 삶은 공적인 활동과 권력을 얻으려는 노력들로 흘러갔고, 권력은 때로 손에 잡힐 것처럼 보였고 때로는 교묘히 그를 피해 갔다. 줄리어스는 큰 부를 쌓았고 부는 계속 늘어났다.

줄리어스의 아들들은 성인이 되었으며, 특히 둘째아들은 돈을 함부로 쓰는 생활을 하기 시작했다. 아들은 아버지의 재산이 담겨 있는 통의 바닥에 구멍을 뚫었고, 재산이 증가하는 데 비례하여 구멍을 통한 유출의 빈도 역시 증가했다. 그리고 여기에서 줄리어스가 자신의 아버지와 겪었던 분노와 증오, 질투 같은 감정들로 아들들과의 충돌이 빚어지기 시작했다.

이 무렵 새 로마 장관이 부임해서 줄리어스가 받던 총애를 박탈했다. 줄리어스에게 아첨하던 이들은 그를 버렸고, 줄리어스는 내쫓길 위험에 처했다. 줄리어스는 문제를 설명하기 위해 로마로 갔지만 환영받지 못했고, 되돌아갈 것을 명령받았다.

집으로 돌아오자마자 줄리어스는 자신의 아들이 방종한 친구들과 어울려 흥청망청 먹고 마시는 모습을 발견했다. 길리기아에 줄리어스가 죽었다는 소문이 퍼지자, 그 아들은 아버지의 죽음을 경축했다! 줄리어스는 자제력을 잃고 아들을 쳐서 바닥에 넘어뜨렸다. 그러고 나서 아내의 방으로 갔다. 줄리어스는 그곳에서 복음서 한 권을 발견했고, 그 안에는 이렇게 쓰어 있었다.

고생하며 무거운 짐을 지고 허덕이는 사람은 다 나에게로 오너라. 내가 편히 쉬게 하리라. 나는 마음이 온유하고 겸손하니 내 멍에를 메고 나에게 배워라. 그러면 너희의 영혼이 안식을 얻을 것이다. 내 멍에는 편하고 내 짐은 가볍다.

'그래, 그리스도는 오랫동안 나를 부르고 계셨어. 난 그리스도를 믿지 않은 게 아니라, 고집을 피우고 심술을 부렸던 거야. 내 멍에는 무겁고 내 짐은 고통스러웠어.' 줄리어스는 생각했다.

줄리어스는 복음서를 무릎 위에 펼쳐 놓고 오래도록 그곳에 앉아, 지나간 자신의 모든 삶을 되돌아보고 팜필리우스가 매번 자신에게 했던 모든 말을 기억해 냈다. 그리고 마침내 자리에서 일어나 아들에게 갔다. 놀랍게도 아들은 제힘으로 서 있었고, 줄리어스는 아들이 아무 상처도 입지 않은 것을 발견하고 이루 말할 수 없이 기뻤다.

아들에게 한마디 말도 하지 않고 줄리어스는 거리로 나서서 그리스도인들이 사는 곳을 향해 출발했다. 하루 종일 걸었고, 저녁이 되자 하룻밤을 묵기 위해 어떤 마을 사람의 집에 들렀다. 줄리어스가 들어간 방에는 한 남자가 누워 있었는데, 발소리를 듣고는 자리에서 일어났다. 줄리어스와 안면이 있는 바로 그 의사였다.

"이번에는 저를 단념시키지 못할 겁니다!"

줄리어스가 말했다.

"저곳으로 가려고 길을 나선 게 이번이 세 번째이고, 이제 저는 오직 그곳에서만 마음의 평화를 찾을 수 있다는 걸 알고 있어요."

"어디 말이오?"

의사가 물었다.

"그리스도인들 있는 곳이지요."

"어쩌면 당신은 마음의 평화를 찾을지도 모르지만, 당신의 의무를 다하지는 못하게 될 거요. 당신은 남자다움이 부족하구려. 불행이 당신의 기개를 꺾어 놓았소. 진정한 현자들은 그렇게 행동하지 않는다오! 불행이야말로 금이 정련(精鍊)되는 불꽃이니까. 당신은 시련을 통과해 왔소. 그리고 이제 다시 시련이 찾아오자 도망치는 거요! 지금은 사람들과 당신 자신을 시험할 때요. 당신은 진짜 지혜를 얻었고, 그 지혜를 나라에 이익이 되도록 사용해야 하오. 만약 인간과 인간의 열정, 삶의 조건들을 깨우친 모든 사람들이 그들의 지식과 경험을 사회에 이바지하는 데 쓰지 않고 마음의 평화를 찾기 위해 그대로 묻어 버린다면, 사람들에게 무슨 일이 일어나겠소? 인생에 대한 당신의 경험은 사람들 속에서 얻어진 것이고, 당신은 그것을 사람들에게 보탬이 되도록 사용해야 하오."

"하지만 저에겐 어떤 지혜도 없습니다! 온통 잘못과 실수뿐이지요! 상하고 더러운 어떤 물도 포도주가 되지 않는 것처럼 낡고 진부한 제 실수는 지혜가 되지 않았어요."

줄리어스는 외투를 움켜잡고 그 집을 급히 떠나 더 멀리 걸어갔으며, 쉬기 위해 어떤 곳에도 머물지 않았다. 그리고 다음날 해가 저물 무렵 그리스도인들이 사는 곳에 이르렀다.

그리스도인들은 줄리어스가 그들이 사랑하고 존경하는 팜필리우스의 친구라는 걸 알지 못했어도 그를 기쁘게 받아들였다. 큰 식당에서 자신의 친구를 발견한 팜필리우스가 한걸음에 달려와 줄리어스를 얼싸안았다.

"드디어 내가 왔네."

줄리어스가 말했다.

"내게 할 일을 말해 주게. 기꺼이 자네를 따르겠네."

"그 일은 걱정하지 말고, 나와 함께 가세."

팜필리우스는 줄리어스를 숙소로 이끌었고, 방을 보여 주면서 말했다.

"자네의 삶을 충분히 관찰하다 보면 사람들을 위해 자네가 할 수 있는 최선의 것을 스스로 발견하게 될 걸세. 하지만 당분간 자네의 시간을 보낼 수 있도록 내일 뭔가 할 일을 가르쳐 주지. 지금 우리는 포도원에서 포도를 수확하고 있어. 거기에 가서 도와주게나. 자네가 할 수 있는 일을 스스로 찾게 될 거야."

다음날 줄리어스는 포도원으로 갔다. 첫 번째 포도원은 나무마다 포도송이가 가득 매달려 있었다. 젊은 사람들이 그 포도들을 따서 거두어들이고 있었다. 그곳에는 빈 자리가 없었고, 줄리어스는 좀 더 걸어갔지만 자신이 일할 곳을 찾지 못했다. 줄리어스는 더 멀리 나아가 열매들이 보다 적게 열려 있는 좀 더 오래된 포도원에 이르렀다. 하지만 그곳에도 줄리어스가 할 일은 아무것도 없었다. 사람들은 모두 짝을 이뤄 일하고 있었고 줄리어스가 들어갈 빈 자리는 보이지 않았다. 줄리어스는 더욱 멀리 가서 매우 오래되고 황량한 포도원으로 들어갔다. 나무들은 옹이투성이에 꼬부라져 있었고, 줄리어스는 포도를 하나도 찾아볼 수 없었다.

"아, 마치 내 인생 같구나."

줄리어스가 혼자서 탄식했다.

"만약 내가 첫 번째 시기에 왔더라면, 내 인생은 처음에 본 포도원과 같았을 텐데. 만약 내가 그 두 번째 순간에 떠났더라면, 내 인생은 두 번째 포도원과 같았을 텐데. 하지만 지금 여기가 내 인생이야. 오직 땔감으로나 쓰일 수 있는 이 쓸모없고 노쇠한 나무들처럼!"

줄리어스는 자신이 행한 일들에 두려움을 느꼈고, 또 삶을 헛되이 써 버린 자신을 기다리고 있을 벌(罰)에 두려움을 느꼈다. 그리고 슬픔에 잠겨 큰 소리로 말했다.

"나는 더 이상 어떤 일에도 쓸모가 없고 이제 할 수 있는 일이 아무것도 없어!"

줄리어스는 털썩 주저앉아 눈물을 흘렸다. 자신이 낭비해 버린 것을 결코 회복할 수 없기 때문이었다. 별안간 자신을 부르는 노인의 목소리가 들려왔다.

"형제님, 일하시오!"

줄리어스는 주위를 둘러보았고, 백발이 성성하며 허리가 잔뜩 굽고 거동조차 힘들어 보이는 한 노인을 발견했다. 노인은 포도나무 옆에 서서 여전히 여기저기 달려 있는 포도송이를 따고 있었다. 줄리어스가 노인에게 다가갔다.

"형제님, 일하시게! 일은 즐거움이오!"

노인은 줄리어스에게 포도송이들이 여전히 남아 있는 곳을 가르쳐 주었다. 줄리어스는 포도를 찾기 시작했고, 포도들을 따서 노인의 바구니에 넣었다. 노인이 줄리어스에게 말했다.

"어떤 점에서 이 포도송이들이 다른 포도원에서 수확한 것들보다 더 못한 거요? '빛이 있는 동안에 걸어가라!'고 그리스도께서 말씀하셨소. '하느님은 이 세상을 극진히 사랑하셔서 외아들을 보내 주시어 그를 믿는 사람은 누구든지 멸망하지 않고 영원한 생명을 얻게 해 주셨다. 하느님이 아들을 세상에 보내신 것은 세상을 심판하시려는 것이 아니라 아들을 시켜 구원하시려는 것이다. 그를 믿는 사람은 죄인으로 판결 받지 않으나 믿지 않는 사람은 이미 죄인으로 판결을 받았다. 이는 하느님의 외아들을 믿지 않았기 때문이다. 빛이 세상에 왔지만 사람들은 자기들의 행실이 악하여 빛보다 어둠을 더 사랑했다. 이것이 벌써 죄인으로 판결 받았다는 것을 말해 준다. 과연 악한 일을 일삼는 자는 누구나 자기 죄상이 드러날까봐 빛을 미워하고 멀리한다. 그러나 진리를 따라 사는 사람은 빛이 있는 데로 나아간다.

그리하여 그가 한 일은 모두 하느님의 뜻을 따라 한 일이라는 것이 드러나게 된다.' 형제여, 불행해하지 마시오! 우리 모두 하느님의 자녀들이고 하느님의 종들이라오! 우리 모두 하나의 대군(大群)이오! 그분께 당신 말고는 종이 없다고 생각하시오? 만일 당신이 온 힘으로 그분께 헌신했다면, 그분이 그분의 왕국을 세우시는 데 필요한 모든 일을 당신이 할 수 있었을 거라고 생각하시오? 당신은 두 배, 열 배, 백 배, 그 이상으로 하겠다고 말하지만, 만일 당신이 모든 인간이 행한 것들의 수천수만 배에 달하는 일을 한다면 그것이 하느님의 일에 서 무엇이 될 것 같소? 아무것도 하지 않은 것과 같다오! 하느님의 일은 하느님처럼 무한하오. 하느님의 일은 당신이오. 하느님께 나아가되 노동자가 아닌 자녀로 나아가면, 당신은 무한하신 하느님과 하느님의 나라에 함께 하는 사람이 될 것이오. 하느님의 눈에는 하찮은 것도 위대한 것도 없고, 오직 곧은 것과 굽은 것이 있을 뿐이오. 삶의 곧은길로 들어가면 당신은 하느님과 함께 하게 될 것이며, 당신의 일은 하찮지도 위대하지도 않은 하느님의 일이 될 것이오. 하늘에서는 백 명의 의로운 사람들보다 한 명의 죄인에 대해 더 기뻐한다는 것을 기억하시오. 세상의 일은 당신에게 당신의 죄를 보여 주었을 뿐이지만, 당신은 회개를 했소. 그리고 회개했을 때 당신은 곧은길을 찾은 거요. 앞으로 나아가 그 길을 따르고, 지나간 과거와 위대하다거나 하찮다거나 하는 것에 대해 생각하지 마시오. 모든 인간은 하느님의 눈에 평등하다오! 하느님 한 분과 하나의 삶이 있는 것이오!"

줄리어스는 위로를 받았고, 그날부터 자신의 힘으로 형제들을 위해 일하고 살았다. 그렇게 20년 동안 기쁘게 살았고, 죽음이 자신의 육신을 어떻게 데려갔는지조차 알아차리지 못했다.

1893년

신은 진실을 알지만 기다린다

블라디미르에 이반 드미트리치 악시오노프라는 젊은 상인이 살았다. 그는 가게 두 개와 집 한 채를 소유하고 있었다.

악시오노프는 잘생긴 외모에 금발 곱슬머리였고, 항상 유쾌하며 노래 부르기를 무척 좋아했다. 매우 젊었을 때는 술을 몹시 즐겼고 과음을 하면 소동을 일으키기도 했지만, 결혼한 후에는 술을 끊고 어쩌다 한 번씩 마셨다.

어느 여름 악시오노프가 '니즈니 장터'로 떠나기 위해 가족들에게 작별 인사를 할 때 그의 아내가 말했다.

"여보, 오늘은 떠나지 말아요. 당신에 대해 나쁜 꿈을 꿨어요."

악시오노프가 웃으면서 말했다.

"당신은 내가 장터에 도착해서 술 마시고 흥청거릴까봐 걱정하는군요."

아내가 대답했다.

"뭐가 걱정스러운지는 모르겠지만, 분명한 건 나쁜 꿈을 꿨다는 거예요. 꿈에 당신이 집으로 돌아오고 있었는데, 모자를 벗자 머리가 하얗게 세어 있었어요."

악시오노프는 소리 내어 웃었다.

"그건 행운의 표시예요. 만약 가져간 물건을 모두 팔지 못하면, 장에서 당신에게 줄 선물들을 가져오리다."

그렇게 악시오노프는 가족들에게 작별을 고하고 길을 떠났다.

악시오노프는 여행 중간에 이르러 자신이 아는 한 상인과 만났고, 그날 밤 똑같은 여인숙에 묵게 되었다. 그들은 함께 차를 마신 다음 이웃한 방으로 들어가 잠자리에 들었다.

악시오노프는 일찍 자는 습관을 갖고 있었고, 아직 서늘할 때 여행하기를 원했기 때문에 날이 새기 전 마부를 깨워 마차를 내오도록 일렀다.

그러고 나서 악시오노프는 여인숙 주인(뒤뜰 작은 집에 살고 있는)을 찾아가 방값을 지불한 뒤 여행을 계속했다.

40여 킬로미터를 갔을 때 악시오노프는 시장기를 달래기 위해 말을 멈춰 세웠다. 악시오노프는 여인숙 통로에서 잠시 쉰 다음, 현관 안으로 성큼성큼 들어가 사모바르 주전자를 데우도록 주문하고서 기타를 꺼내 연주하기 시작했다.

갑자기 트로이카 한 대가 딸랑딸랑 종소리를 내면서 도착했고, 관리 한 명과 군인 두 명이 뒤따라 내렸다. 관리는 악시오노프에게 다가와 그가 누구이며 어디에서 왔는지 묻기 시작했다. 악시오노프는 모든 질문에 대답을 했고 이렇게 말했다.

"저와 함께 차를 마시지 않겠습니까?"

그러나 그 관리는 계속해서 캐물었다.

"어젯밤에 어디에서 보냈죠? 혼자였습니까, 아니면 동료 상인과 함께 있었습니까? 오늘 아침에 동료 상인을 보셨나요? 왜 날이 밝기도 전에 여인숙을 떠났습니까?"

악시오노프는 자신에게 왜 이런 질문을 하는지 이상하게 여겼지만, 일어났던 모든 일을 말하고 나서 덧붙였다.

"어째서 마치 내가 도둑이나 강도라도 되는 것처럼 신문하는 거지요? 나는 장사를 위해 여행을 하는 중이고, 따라서 날 신문할 필요는 없습니다."

그러자 관리가 군인들을 부르며 말했다.

"나는 이 지역 경관이고, 당신이 지난밤에 함께 보낸 그 상인이 목을 베인 채 발견됐기 때문에 당신을 신문하는 겁니다. 당신 물건들을 조사해야겠소."

군인들과 경관은 안으로 들어갔다. 그들은 악시오노프의 짐을 풀어서 샅샅이 뒤졌다. 난데없이 경관이 가방에서 칼을 꺼내며 소리쳤다.

"이건 누구 칼입니까?"

악시오노프는 자신의 가방에서 나온 피 묻은 칼을 쳐다보고는 깜짝 놀랐다.

"이 칼에 핏자국이 있는데 어떻게 된 거죠?"

악시오노프는 대답하려고 했지만, 거의 한마디 말도 할 수가 없었고 더듬거릴 뿐이었다.

"모…… 모릅니다……. 내 칼이 아니에요."

"오늘 아침 그 상인은 목을 베인 채 침대에서 발견됐습니다. 당신은 그 일을 저지를 수 있었던 유일한 사람이죠. 그 여인숙은 안쪽에서 잠겨 있었고, 그곳에 다른 사람은 아무도 없었어요. 여기 당신 가방 속에 피 묻은 칼이 있고, 당신의 얼굴과 태도가 당신의 거짓을 말하고 있소! 그 상인을 어떻게 죽였고, 또 돈을 얼마나 훔쳤는지 말하시오."

악시오노프는 자신이 저지른 일이 아니라고 맹세했다. 함께 차를 마신 후에는 그 상인을 보지 못했으며, 자신의 돈 8천 루블 외에는 단 한 푼도 없고, 그 칼은 자신의 것이 아니라고 말했다. 하지만 그의 목소리는 띄엄띄엄 이어졌고, 얼굴은 창백했으며, 죄를 지은 사람처럼 두려움에 와들와들 떨었다.

경관이 군인들에게 악시오노프를 묶어서 마차에 태우라고 명령했다. 악시오노프는 군인들이 자신의 두 발을 함께 묶어서 내던지듯 마차 안으로 밀어 넣을 때 성호(聖號)를 그으며 눈물을 흘렸다. 악시오노프는 돈과 물건들을 빼앗기고 가장 가까운 도시로 보내져 옥에 갇혔다. 블라디미르에서 악시오노프의 사람됨에 대해 조사가 이뤄졌다. 블라디미르에 사는 상인과 주민들은 악시오노프가 예전에는 술을 마시고 시간을 낭비하기도 했지만, 선량한 사람이라고 말했다. 재판이 다가왔다. 악시오노프는 랴잔에서 온 상인을 살해하고 2만 루블을 훔쳤다는 죄를 쓰고 있었다.

악시오노프의 아내는 절망에 빠졌고, 무엇을 믿어야 할지 몰랐다. 아이들은 모두 매우 어렸고, 젖먹이도 하나 있었다. 악시오노프의 아내는 아이들을 모두 데리고 남편이 수감되어 있는 도시로 갔다. 처음에는 남편을 만나는 일이 허락되지 않았지만, 수없이 간청한 후에야 허가를 얻어 남편이 있는 곳으로 안내되었다. 악시오노프의 아내는 죄수복을 입고 사슬에 매인 채 도둑과 범죄자들과 함께 옥에 갇혀 있는 남편의 모습을 보고 그 자리에 쓰러져 한동안 의식을 되찾지 못했다. 의식을 차린 그녀는 아이들을 끌어당겨 남편 가까이 앉았다. 악시오노프는 아내에게 모든 것을 말했고, 아내가 물었다.

"이제 어떡하면 좋겠어요?"

"황제께 죄 없는 사람을 죽게 만들지 말아 달라고 탄원해야 해요."

악시오노프의 아내는 황제에게 탄원서를 보냈지만 받아들여지지 않았다고 말했다.

악시오노프는 대답하지 않았고, 침통한 표정만 짓고 있었다.

그러자 아내가 말했다.

"당신의 머리가 백발로 변한 꿈은 절대 괜한 게 아니었어요.

기억나요? 당신은 그날 떠나지 말았어야 했어요."

악시오노프의 아내는 손가락으로 남편의 머리카락을 쓸었다.

"여보, 나한테 진실을 말해 봐요. 그 일을 저지른 게 당신이 아닌가요?"

"당신 역시 날 의심하는구려!"

악시오노프는 손에 얼굴을 묻고 눈물을 흘리기 시작했다. 그때 군인이 다가와서 아내와 아이들에게 나가야 한다고 말했고, 악시오노프는 마지막으로 가족들에게 작별 인사를 했다.

가족들이 떠나자 악시오노프는 자신이 들었던 말을 상기했고, 아내 또한 자신을 의심한다는 걸 기억하고는 스스로 다짐하듯 말했다.

"오직 신만이 진실을 아실 수 있는 거야. 내가 호소할 곳은 신뿐이고 신에게서만 자비를 기대할 수 있어."

악시오노프는 더 이상 탄원서를 쓰지 않았다. 모든 희망을 포기하고서 오직 신께 기도만 올렸다.

악시오노프는 태형을 선고받고 광산으로 보내졌다. 그리고 가죽 채찍으로 매를 맞은 뒤, 상처가 아물 때쯤 다른 죄수들과 함께 시베리아로 내쫓겼다.

26년 동안 악시오노프는 시베리아에서 죄수로 살았다. 머리털은 눈처럼 하얀 백발이 되었고 흰 수염은 길고 성기게 자랐다. 생기는 모두 사라졌고 몸은 굽었다. 천천히 걷고 말을 거의

하지 않았으며 결코 소리 내어 웃는 법이 없었지만, 기도는 자주 했다.

감옥에서 악시오노프는 구두 만드는 법을 배워서 약간의 돈을 벌었고, 그 돈으로 『성인(聖人)들의 삶』이라는 책을 샀다. 악시오노프는 감옥에 빛이 충분히 비칠 때 이 책을 읽었다. 그리고 일요일마다 감옥 내 교회에서 성서를 읽고 성가대에서 노래를 불렀다. 악시오노프의 목소리는 여전히 좋았다.

감옥 관리들은 온순한 악시오노프를 좋아했고 동료 죄수들은 그를 존경해서 '노인장'과 '성자'라고 불렀다. 동료 죄수들은 감옥 관리들에게 어떤 일에 대해 탄원하기를 원할 때마다 악시오노프를 자신들의 대변인으로 세웠고, 죄수들 간에 싸움이 일어났을 때는 악시오노프로 하여금 문제를 바로잡고 판가름을 내도록 요청했다.

집에서는 어떤 소식도 전해 오지 않았고, 악시오노프는 심지어 아내와 아이들이 살아 있는지조차 알지 못했다.

어느 날 한 무리의 새 죄수들이 감옥에 도착했다. 저녁이 되자 기존의 죄수들이 새 죄수들을 모아 놓고 어느 도시와 마을 출신인지, 그리고 무슨 형을 선고받았는지 물었다. 악시오노프는 새 죄수들 가까이에 앉아서 침울한 표정으로 경청했다.

새 죄수들 중에서 예순 살의 키 크고 건강하며, 흰 수염을 짧게 자른 남자가 자신이 붙잡힌 이유에 대해 말하고 있었다.

"여러분, 난 그저 썰매에 묶여 있던 말을 가져갔을 뿐인데 붙잡혀서 절도죄로 고발됐어요. 나는 좀 더 빨리 집에 가기 위해 그 말을 가져갔고, 그 다음 놓아줬다고 말했지요. 게다가 썰매 주인은 내 친구였거든요. 그래서 내가 '괜찮을 거야.'라고 말했더니, 그 사람들이 '아니다, 말을 훔쳤다.'고 하더군요. 하지만 내가 어떻게 또 어디에서 말을 훔쳤는지는 말하지 못했어요. 난 실제로 나쁜 일을 저질러서 오래전에 여기에 왔어야 했지만, 그때는 발견되지 않았습니다. 그런데 지금 이렇게 아무 잘못도 없이 여기에 보내졌지 뭡니까……. 사실대로 말하자면 전에도 시베리아에 온 적이 있는데 오래 머무르지는 않았어요."

"고향이 어디시죠?"

누군가 물었다.

"블라디미르요. 가족들이 그곳에 있지요. 내 이름은 마카르입니다. 세미요니치라고도 부르지요."

악시오노프가 고개를 들고 말했다.

"세미요니치 씨, 블라디미르의 상인 악시오노프 가족에 대해 아십니까? 여전히 살아 있나요?"

"아느냐고요? 물론이죠. 악시오노프 가족은 부유하게 잘 살고 있습니다. 그 아버지가 우리처럼 죄인으로 시베리아에 있지만요. 노인장은 어떻게 이곳에 오셨습니까?"

악시오노프는 자신의 불운에 대해 말하고 싶지 않았다. 다만

한숨만 내쉬었다.

"내 죄 때문에 26년을 감옥에서 보냈습니다."

"무슨 죄로요?"

마카르 세미요니치가 물었다.

그러나 악시오노프는 이렇게 말할 뿐이었다.

"난 죗값을 치를 만했어요!"

악시오노프는 더 이상 말하지 않았지만, 동료 죄수들이 어떻게 악시오노프가 시베리아로 오게 되었는지 이야기해 주었다. 누군가 상인을 죽인 다음 그 칼을 악시오노프의 가방에 넣었고, 그 때문에 악시오노프가 억울하게 죄를 뒤집어썼다고 말했다.

마카르 세미요니치는 이야기를 듣고서 악시오노프를 바라보았다. 그리고 자신의 무릎을 치면서 외쳤다.

"놀라워! 참으로 놀라워! 노인장, 정말 많이 늙으셨구려!"

다른 사람들이 왜 그렇게 놀라운지 또 악시오노프를 전에 어디에서 만났는지 물었지만, 마카르 세미요니치는 대답하지 않았다. 다만 이렇게 말했다.

"우리가 이곳에서 만나게 될 줄이야!"

악시오노프는 그 말을 듣고 마카르 세미요니치가 상인을 죽인 사람이 누구인지 알고 있는 건 아닐까 궁금해졌다.

"당신은 그 사건에 대해 들었거나, 아니면 전에 날 본 적이 있으시군요?"

"어떻게 안 들을 수 있었겠소? 세상에 떠도는 게 온통 소문들인데. 하지만 오래전 일이라 기억이 안 나는군요."

"혹시 누가 상인을 죽였는지 들으셨습니까?"

악시오노프가 물었다.

마카르 세미요니치가 웃으면서 대답했다.

"그 칼이 발견된 가방의 주인이 틀림없겠지요! 만약 다른 누군가가 가방에 칼을 숨긴 거라면 흔히 말하는 것처럼 '그 사람은 붙잡힐 때까지는 도둑이 아니지요.' 누가 어떻게 당신 머리맡에 있는 가방 속에 칼을 집어넣을 수 있었겠어요? 분명 당신을 깨우고 말았을 것 아닙니까?"

이 말을 들었을 때 악시오노프는 이 남자가 상인을 죽인 바로 그 사람이라고 확신했다. 악시오노프는 일어나서 그 자리를 떠났다. 그날 밤 악시오노프는 내내 잠들지 못했다. 지독히도 불행하다고 느꼈고, 온갖 종류의 영상들이 머릿속에 떠올랐다. 장터로 떠나면서 헤어지던 때의 아내 모습이 보였다. 마치 그 자리에 있는 것처럼 아내의 얼굴과 눈이 또렷하게 되살아났고, 아내의 말소리와 웃음소리가 들렸다. 그러고 나자 당시 아주 어렸던 아이들의 모습이 보였다. 한 아이는 작은 망토를 걸치고 있고, 또 다른 아이는 엄마 품속에 안겨 있었다. 그런 다음 악시오노프는 젊고 활기찼던 자신의 예전 모습을 기억했다. 자신이 붙잡혔던 여인숙의 현관에서 기타를 치며 어떻게 앉아 있었는지,

그리고 걱정 없이 얼마나 자유로웠는지를 생각해 냈다. 악시오노프의 뇌리에 가죽 채찍으로 매를 맞던 곳과 형 집행자들, 주위에 서 있던 사람들, 쇠사슬, 죄수들, 26년간의 감옥 생활, 너무 일찍 늙어 버린 자신의 모습이 스쳐 지나갔다. 그 모든 것들을 생각하자 악시오노프는 금방에라도 자살할 만큼 비참했다.

'모두 다 저 악인 때문이야!' 악시오노프는 생각했다. 마카르 세미요니치를 향한 분노가 너무나 큰 나머지 악시오노프는 설사 자신이 그 때문에 죽는다고 해도 복수하기를 간절히 원했다. 악시오노프는 밤새도록 계속 기도했지만, 평온을 찾을 수가 없었다. 다음날 악시오노프는 마카르 세미요니치 가까이에 가지도 않고 심지어 쳐다보지도 않았다.

그렇게 두 주일이 지났다. 악시오노프는 밤마다 잠들 수가 없었고, 너무 참담해서 무엇을 해야 할지도 몰랐다.

어느 날 밤 악시오노프가 감옥 주위를 걷고 있을 때, 죄수들이 잠을 자는 침상들 중 한 군데 밑에서 흙이 굴러 떨어지는 듯한 소리가 들렸다. 악시오노프는 그것이 무엇인지 보려고 멈춰 섰다. 갑자기 마카르 세미요니치가 침상 밑에서 기어 나오더니 깜짝 놀란 표정으로 악시오노프를 올려다보았다. 악시오노프는 그를 쳐다보지 않고 지나가려 했지만, 마카르가 그의 손을 붙잡았다. 그리고 자신이 벽 밑으로 구멍을 파고 있으며, 흙을 목이 긴 자신의 신발 속에 담았다가 죄수들이 매일 노역하러 나갈 때

길 위에 버린다고 말했다.

"노인장, 이 일을 눈감아 주면 당신도 탈출하게 해 주겠소. 입을 나불거린다면 난 호된 매질을 당하겠지만, 그전에 당신을 죽이고 말 거요."

악시오노프는 자신의 원수를 바라보면서 분노로 몸을 떨었다. 그리고 손을 뿌리치며 말했다.

"난 탈출할 생각이 없소. 그리고 당신은 날 죽일 필요가 없지. 이미 오래전에 날 죽였으니까! 당신을 밀고할지 말지는 신이 가르쳐 주실 것이오."

다음날, 죄수들을 작업장으로 인솔하던 호송 군인들은 죄수들 중 누군가가 신발 안의 흙을 비우고 있다는 걸 알아챘다. 감옥을 수색했고, 굴이 발견되었다. 감옥 소장이 와서 누가 굴을 팠는지 찾아내기 위해 모든 죄수들을 신문했다. 죄수들은 모두 전혀 모른다고 말했다. 알고 있는 사람들은 마카르 세미요니치가 거의 죽을 만큼 매질을 당하게 될 거라는 걸 알기 때문에 밀고하려고 하지 않았다. 마지막으로 감옥 소장은 올곧은 사람으로 알고 있는 악시오노프에게 도움을 구했다.

"당신은 정직한 노인입니다. 신께 맹세코 말씀해 주세요. 누가 구멍을 팠습니까?"

마카르 세미요니치는 악시오노프를 흘긋 쳐다보지도 않은 채 실로 태연스럽게 서서 감옥 소장을 바라보고 있었다. 악시오노프의 입술과 손이 떨렸고, 오랫동안 그는 한마디 말도 할 수가 없었다. 악시오노프는 생각했다. '내 인생을 망친 자를 내가 왜 감싸야 하지? 내가 겪었던 고통의 대가를 치르게 하자. 하지만 내가 말한다면, 필경 죽을 만큼 매를 맞을 것이고 어쩌면 내가 그릇된 의심을 하고 있는지도 몰라. 결국 그렇게 해서 내게 무슨 유익이 있겠는가?'

"노인장, 진실을 말하시오. 누가 벽 밑으로 구멍을 팠습니까?"

악시오노프가 마카르 세미요니치를 언뜻 보고 나서 말했다.

"소장님, 말할 수 없습니다. 그건 신의 뜻이 아니에요! 저를 소장님이 원하는 대로 하십시오. 그대로 따르겠습니다."

감옥 소장이 아무리 설득해도 악시오노프는 더 이상 말하지 않았고, 그 문제는 덮어둘 수밖에 없었다.

그날 밤 악시오노프가 침대에 누워서 막 잠들려고 하는데, 누군가 조용히 다가와 침대 위에 앉았다. 악시오노프는 어둠 속을 응시했고 마카르 세미요니치라는 걸 알게 되었다.

"내게 더 뭘 원하오?"

악시오노프가 물었다.

"왜 여기 온 거요?"

마카르 세미요니치는 침묵했다. 그러자 악시오노프가 일어나서 말했다.

"원하는 게 뭐요? 가지 않으면 간수를 부르겠소!"

마카르 세미요니치가 악시오노프 가까이로 몸을 숙이고 작은 소리로 이야기했다.

"날 용서하시오!"

"뭘 말이오?"

악시오노프가 물었다.

"상인을 죽이고 칼을 당신 가방 속에 숨긴 게 바로 나였소. 당신 역시 죽이려고 했는데, 밖에서 소리가 나자 칼을 가방에 집어넣고 창문으로 도망쳤어요."

악시오노프는 아무 말도 없었다. 무슨 말을 해야 할지 몰랐다. 마카르 세미요니치는 침대에서 내려가 바닥에 무릎을 꿇었다.

"날 용서하시오! 부디 날 용서하시오! 상인을 죽인 사람이 나였다고 고백할 거요. 그럼 당신은 석방돼서 집에 갈 수 있어요."

"말하는 건 쉬운 일이지만, 나는 당신 때문에 26년이라는 세월을 고통 속에 보냈소. 이제 와서 내가 어디로 갈 수 있겠소?…… 아내는 죽고, 아이들은 날 잊었어요. 나는 아무 데도 갈 곳이 없다오……."

마카르 세미요니치는 일어서지 않았고, 머리를 바닥에 내리치며 외쳤다.

"날 용서하시오! 가죽 채찍으로 매를 맞을 때도 지금 당신을 보는 것만큼 참기 힘들지는 않았소……. 하지만 당신은 날 불쌍히 여기고 말하지 않았소. 사악한 나를 제발 용서하시오!"

마카르 세미요니치는 흐느껴 울기 시작했다.

악시오노프도 흐느껴 우는 소리를 듣자 눈물을 흘리기 시작했다.

"신은 당신을 용서하실 겁니다! 어쩌면 내가 당신보다 백배나 더 나쁠지도 모르지요."

이렇게 말하자 악시오노프의 마음이 가벼워졌고 집에 대한 갈망도 사라졌다. 악시오노프는 더 이상 감옥을 떠나길 바라지 않았고, 마지막 순간이 오기만을 소망했다.

악시오노프의 말에도 불구하고, 마카르 세미요니치는 자신의 죄를 고백했다. 그러나 석방 명령이 내려졌을 때 악시오노프는 이미 숨을 거둔 뒤였다.

1872년

카프카스의 포로

1

 질린이라는 이름의 장교가 카프카스에 있는 군대에서 복무하고 있었다.

 어느 날 그는 집에서 편지 한 통을 받았다. 어머니가 보낸 편지였고, 이렇게 적혀 있었다. '나는 늙어 가고 있고, 죽기 전에 사랑하는 내 아들을 한 번 더 보고 싶구나. 돌아와서 작별 인사를 하고 나를 묻어 다오. 그런 다음 신이 원하신다면 내 축복과 함께 다시 군대로 돌아가거라. 하지만 나는 네게 어울리는 아가씨를 찾아냈단다. 현명하고 착하며, 재산도 좀 갖고 있지. 그애를 사랑할 수 있다면 결혼해서 집에 남으면 좋겠구나.'

 질린은 곰곰이 생각했다. 그건 정말 사실이었다. 늙은 어머니는 급격히 쇠약해지고 있었고 살아 계시는 동안 못 만나 뵐 수도 있었다. 집에 돌아가는 편이 나았고, 그 아가씨가 마음에 든다면 결혼하지 못할 이유도 없었다.

질린은 자신의 지휘관을 찾아가 휴가를 얻었고, 동료들에게 작별을 고했으며, 사병들에게 작별의 뜻으로 보드카 네 들통을 대접한 뒤 떠날 준비를 마쳤다.

카프카스는 전시(戰時) 중이었다. 도로는 밤이건 낮이건 안전하지 않았다. 러시아인이 자신의 요새에서 멀리 떨어진 곳에서 과감히 말을 타거나 걸어가는 일이 있으면, 타타르인이 그를 죽이거나 오지의 구릉지로 끌고 갔다. 그런 까닭에 한 지점에서 다른 지점으로 가는 여행자들을 호위하기 위해 매주 두 번 한 부대의 병사들이 한 요새에서 다음 요새로 행군하게끔 되어 있었다.

때는 여름이었다. 새벽녘에 수화물 수송대가 요새 대피호에서 채비를 갖췄고, 병사들이 행군하면서 모두 도로를 따라 출발했다. 질린은 말을 타고 갔고, 짐을 실은 마차는 수화물 수송대에 딸려서 왔다. 가야 할 길은 26킬로미터였다. 수화물 수송대는 천천히 움직였다. 때로는 병사들이 멈춰 섰고, 짐마차에서 바퀴가 빠지기도 했으며, 말이 더 이상 가려고 하지 않을 때도 있었다. 그러면 모든 사람들이 기다릴 수밖에 없었다.

태양이 이미 한낮을 지나 있었지만, 길은 반도 가지 못한 상태였다. 먼지가 많고 뜨거웠으며, 햇볕이 쨍쨍 내리쬐는데다 어디에도 그늘은 없었다. 사방이 횅뎅그렁한 벌판이었고 길옆으로 나무나 관목 한 그루 없었다.

질린은 말을 타고 앞서 나가다가, 수화물 수송대가 자신을 따라잡도록 기다리면서 멈춰 서 있었다. 그때 뒤에서 신호용 뿔피리 소리가 들려왔다. 행군이 다시 멈춘 것이었다. 질린은 생각하기 시작했다. '혼자서 말을 타고 가는 게 낫지 않았을까? 내 말은 훌륭해. 만약 타타르인의 공격을 받으면 전속력으로 달릴 수 있어. 하지만 기다리는 게 더 현명한 일일지도 몰라.'

질린이 생각에 잠겨 있을 때, 코스틸린이라는 장교가 총을 맨 채 말을 타고 그에게 다가와 말했다.

"질린, 따라와. 우리끼리 가자. 더 이상은 못 참겠어. 배고파 죽을 지경에다 끔찍하게 더워. 셔츠가 흠뻑 다 젖었다니까."

코스틸린은 살이 찌고 뚱뚱한 편이었는데, 불그스름한 얼굴에 땀을 뻘뻘 흘리고 있었다. 질린이 잠시 생각하고 나서 물었다.

"총에 실탄 장전했어?"

"그럼."

"좋아, 가자. 하지만 계속 함께 간다는 조건으로야."

그렇게 그들은 길을 따라 앞으로 나아갔고 이야기를 나누며 들판을 가로질렀다. 하지만 양쪽에서 경계를 늦추지 않았다. 그들은 사방으로 멀리까지 볼 수 있었다. 그러나 들판을 가로지른 후 길이 두 언덕 사이의 골짜기로 이어졌다. 질린이 말했다.

"저 언덕을 올라가서 주위를 살펴보는 게 낫겠어. 그러지 않으면 우리가 모르는 새에 타타르인이 접근할지도 몰라."

하지만 코스틸린은 이렇게 대답했다.

"그럴 필요 뭐 있어? 그냥 가자고."

질린은 동의하지 않았다.

"안 돼. 가기 싫으면 여기서 기다려. 난 올라가서 둘러보고 올 테니."

질린은 왼쪽으로 말을 돌려 언덕을 올라갔다. 질린의 말은 사냥말이었고, 마치 날개라도 달린 듯 질린을 언덕 중턱에 올려다 놓았다. (질린은 그 말이 망아지였을 때 백 루블을 주고 샀으며, 자신이 길들였다.) 언덕 꼭대기에 도착하자마자 질린은 전방으로 백 미터도 채 못 미치는 곳에 있는, 약 서른 명 정도의 타타르인들을 보았다. 보는 즉시 몸을 돌렸지만 타타르인들 역시 질린을 보았고, 질린을 잡기 위해 질주하기 시작하면서 총을 꺼내 들었다. 질린은 아주 빠른 속도로 말을 몰아 언덕을 내려오면서 코스틸린에게 소리쳤다.

"빨리 총 준비해!"

그런 다음 질린은 자신의 말에게 이야기했다.

"여기서 날 구해 다오. 실수하면 안 돼. 그랬다간 모두 다 끝이야. 총 있는 데까지만 가면 날 포로로 잡아가지 못해."

그러나 코스틸린은 타타르인들이 눈에 띄자마자, 질린을 기다리지도 않고 말을 양쪽으로 번갈아 채찍질하며 요새를 향해 내달렸다. 보이는 거라곤 뿌연 먼지 속에서 흔들리는 말의 꼬리

뿐이었다.

질린은 경계가 허술했다는 걸 깨달았다. 총은 사라졌고, 그에게 있는 건 칼 한 자루뿐이었다. 질린은 달아날 생각에 호위대 쪽으로 말을 돌렸지만, 여섯 명의 타타르인들이 그를 가로막기 위해 달려오고 있었다. 질린의 말은 우수했지만 타타르인들의 말이 훨씬 더 우수했고, 게다가 타타르인들이 질린의 길을 가로질러 서 있었다. 질린은 말을 세워 방향을 바꾸려고 했지만, 속력이 너무 빠른 탓에 멈출 수가 없었고 타타르인들을 향해 곧장 나아갔다. 질린은 총을 들고 회색 말 위에 앉아 있는 붉은 수염의 타타르인을 보았다. 그는 고함을 내지르고 이를 드러내 보이면서 질린을 향해 달려왔다.

'아아, 난 당신들을 알아.' 질린이 생각했다. '악마들이지. 나를 산 채로 잡아간다면 구덩이에 처넣고 매질할 거야. 살아서 잡혀가지는 않겠어!'

질린은 체구가 크지는 않지만 용감했다. 질린이 칼을 뽑아서 붉은 수염의 타타르인을 향해 돌진하면서 생각했다. '당신을 말 위에서 쓰러뜨리거나, 내 칼로 불구자를 만들고 말겠어.'

질린이 붉은 수염의 타타르인과 말 한 필의 길이만큼 떨어져 있을 때, 뒤에서 총성이 울렸고 질린의 말에 명중했다. 말은 질린을 땅바닥에 내리꽂으며 앞으로 고꾸라졌다.

질린은 일어서려고 했지만, 사악한 기운이 느껴지는 타타르

인 두 명이 이미 그를 짓누르며 손을 등 뒤로 묶고 있었다. 질린이 팔을 내뻗어 그들을 뿌리치려고 하자 다른 타타르인 세 명이 말에서 뛰어내려 총개머리로 그의 머리를 때리기 시작했다. 질린은 눈이 흐려지면서 뒤로 쓰러졌다. 타타르인들은 질린을 붙잡고 말안장에서 끈을 꺼내 질린의 손을 뒤로 비튼 다음, 타타르식 매듭으로 동여맸다. 그들은 질린의 모자를 쳐서 떨어뜨렸고, 신발을 벗겼으며 온몸을 수색했다. 그리고 옷을 찢고 돈과 시계를 빼앗았다.

질린은 고개를 돌려 자신의 말을 보았다. 가엾게도 쓰러진 채 그대로 옆으로 누워서, 땅에 닿을 수 없는 다리를 허공에 내저으며 버둥거리고 있었다. 머리에 구멍이 나 있고, 검은 피가 흘러나와 주변 땅을 진창으로 만들고 있었다.

타타르인 하나가 말에게 다가가 안장을 떼기 시작했다. 말이 여전히 발길질을 하자 단도를 꺼내 숨통을 끊었다. 말의 목구멍에서 쁙 하는 소리가 났으며, 뒷다리를 한 번 쳐들고는 전혀 움직이지 않았다.

타타르인들은 말안장과 장식을 떼어 냈다. 붉은 수염의 타타르인이 말 위에 올라타자 다른 타타르인들이 질린을 그의 뒤에 앉혔다. 그리고 떨어지지 않도록 붉은 수염 타타르인의 허리띠에 묶었다. 그런 다음 모두 말을 타고 언덕으로 사라졌다.

그렇게 질린은 안장 뒤편에 앉아 좌우로 흔들리며, 냄새가 고

약한 붉은 수염 타타르인의 등에 머리를 부딪쳤다. 보이는 거라곤 근육질의 등과 힘줄이 툭 불거져 나온 목, 짧게 깎인 털과 푸른빛이 도는 목덜미뿐이었다. 질린은 머리에 상처를 입었고 피가 눈 위로 말라붙어 있었다. 안장 위에서 자세를 바꾸는 일도, 피를 닦는 일도 할 수가 없었다. 팔이 너무 단단히 묶인 탓에 쇄골까지 아팠다.

타타르인들은 오랫동안 언덕을 오르내렸다. 그런 다음 강을 건넜고, 험한 길을 따라 골짜기를 가로질렀다.

질린은 어디로 가고 있는지 보려고 했지만, 눈꺼풀이 피로 엉겨 붙어서 눈을 돌릴 수가 없었다.

땅거미가 지기 시작했다. 타타르인들은 강을 또 하나 건너서 돌이 많은 언덕길을 올랐다. 연기 냄새가 났으며 개들이 짖고 있었다. '아울(타타르인의 마을)'에 도착한 것이었다. 타타르인들은 말에서 내렸고, 아이들이 다가와 질린을 에워쌌다. 아이들은 즐거운 비명을 내지르며 질린에게 돌을 던졌다.

붉은 수염의 타타르인이 아이들을 쫓아 버리고 질린을 말에서 내리게 한 다음, 부하를 불렀다. 광대뼈가 툭 튀어나오고 윗도리(맨가슴이 다 드러날 정도로 해진)만을 걸친 사내가 달려왔다. 붉은 수염의 타타르인이 명령을 내리자 그가 족쇄를 가져왔다. 쇠고리가 매어져 있는 두 개의 큰 나무토막이었고 쇠고리 하나에 자물쇠가 붙어 있었다.

타타르인들은 질린의 팔을 풀고 다리에 족쇄를 채웠다. 그리고 헛간으로 끌고 가서 안에 밀어 넣고 문을 잠갔다.
질린은 두엄 더미 위에 쓰러졌다. 쥐 죽은 듯 잠시 누워 있다가, 손을 더듬어 부드러운 곳을 찾은 후 편히 누웠다.

2

그날 밤 질린은 거의 잠을 자지 못했다. 일년 중 밤의 길이가 짧은 때였고, 햇빛이 곧 벽의 갈라진 틈으로 비쳐 들어왔다. 질린은 일어나서 갈라진 틈을 손으로 긁어 좀 더 크게 만든 다음 밖을 엿보았다.
구멍을 통해 언덕 아래로 이어지는 길이 하나 보였다. 오른편으로 타타르인의 오두막집이 한 채 있었는데, 가까이에 나무 두 그루가 서 있고 문간에는 검둥개 한 마리가 누워 있었다. 그리고 염소 한 마리는 꼬리를, 아이들은 땋아 늘인 머리를 흔들며 돌아다니고 있었다. 그런 다음 질린은 젊은 타타르인 여자를 보았다. 길고 헐거운 밝은 빛깔의 웃옷과 바지를 입고 있었으며, 바지 아래로 목이 긴 신발이 내보였다. 여자는 머리 위에 짐승의 가죽을 똬리처럼 얹고, 큰 물동이로 물을 나르고 있었다. 자그마하고 머리를 짧게 자른 사내아이를 한 손에 이끌고 있었는데, 사내아이는 웃옷만 걸치고 있었다. 여자가 균형을 잡으며 걸어갈 때 등 근육이 떨렸다. 여자가 물동이를 이고 오두막집으로 들어간 뒤 얼마 지나지 않아, 붉은 수염의 그 타타르인이 명주로 지은 긴 옷을 입고 밖으로 나왔다. 옆구리에 은빛 자루에 담긴 단도가 매달려 있고, 맨발로 신을 신었으며, 높고 검은 양가죽 모자를 머리 뒷부분까지 쓰고 있었다. 그는 문밖으로 나와 기지개를 켠 다음 붉은 수염을 쓰다듬었다. 그렇게 잠시 서 있다가 하인에게 명령을 내리고는 사라졌다.

젊은 남자 두 명이 말에게 물을 먹이고 지나갔다. 말들의 코가 젖어 있었다. 머리를 짧게 깎은 다른 사내아이들이 바지도 입지 않고 윗도리만 걸친 채 뛰어다녔다. 사내아이들은 떼를 지어 헛간으로 왔고, 잔 나뭇가지를 주워 벽의 갈라진 틈으로 밀어 넣기 시작했다. 질린이 고함치자 아이들은 비명을 지르며 쏜살같이 달아났다. 아이들이 달릴 때 그대로 드러난 작은 무릎이 빛났다.

질린은 목이 바싹 마르면서 심한 갈증을 느꼈다. '제발 사람들이 와서 나를 봤으면!'

그때 누군가 자물쇠를 여는 소리가 들렸다. 붉은 수염의 타타르인과 그보다 작은, 까만 남자가 들어왔는데, 반짝이는 검은 눈동자에 뺨이 붉고 수염을 짧게 기르고 있었다. 그리고 생기 있는 얼굴로 계속 웃었다. 이 남자는 붉은 수염의 타타르인보다 옷차림이 훨씬 더 화려했다. 금으로 장식된 푸른 명주옷을 입고 은으로 만든 큰 단도를 허리에 찼으며, 은실로 수를 놓은 붉은 모로코가죽 실내화 위에 두꺼운 신발을 덧신고, 머리에는 흰 양가죽 모자를 쓰고 있었다.

붉은 수염의 타타르인은 헛간에 들어와서 마치 성난 사람처럼 뭔가를 중얼거렸고, 문설주에 몸을 기대고 서서 단도를 만지작거리며 늑대처럼 곁눈질로 질린을 노려보았다. 까만 남자는 마치 용수철이 튀듯 재빠르고 기운차게 움직여서 곧장 질린에게 다가왔다. 그리고 질린 앞에 쭈그리고 앉아 어깨를 찰싹 때리더니, 타타르어로 매우 빠르게 말하기 시작했다. 그는 이를 내보이고 계속 눈을 깜박였으며, 혀를 차면서 "좋은 러시아인, 좋은 러시아인." 하고 되풀이해서 말했다.

질린은 한마디도 이해할 수 없었고, 이렇게 말했다.

"물! 내게 물을 주시오!"

까만 남자는 단지 웃기만 했다. 그리고 "좋은 러시아인." 하고 말한 뒤 계속 타타르어로 이야기했다.

질린은 입술과 손으로 자신이 마실 것을 원한다는 걸 보여 주었다.

까만 남자는 이해를 했고, 큰 소리로 웃었다. 그리고 밖을 내다보며 누군가를 불렀다.

"디나!"

작은 소녀가 뛰어서 들어왔다. 열세 살 정도로 가냘프고 말랐으며, 얼굴이 까만 타타르인과 닮아 있었다. 딸이 분명했다. 소녀 역시 눈동자가 맑고 검었으며, 얼굴은 예쁘장했다. 소매가 넓은 푸른색의 긴 웃옷을 입었고, 허리띠는 하지 않았다. 옷의 가장자리와 앞부분, 소매가 붉게 장식돼 있었다. 계집아이는 바지를 입고 실내화를 신었으며, 뒤축이 높고 더 튼튼한 신발을 덧신고 있었다. 모자는 쓰고 있지 않았고, 땋아서 리본으로 묶은 검은 머리는 금빛 끈과 은 동전으로 꾸며져 있었다.

아버지가 명령을 내리자, 소녀는 밖으로 달려 나가 물그릇을 들고 돌아왔다. 소녀는 질린에게 물그릇을 건넨 뒤, 머리가 무릎에 닿을 만큼 쭈그리고 앉았다. 그리고 눈을 똥그랗게 뜨고는 마치 야생 동물을 바라보듯 질린이 물 마시는 모습을 지켜보았다.

질린이 빈 물그릇을 내밀었을 때, 소녀가 화들짝 놀라며 야생 염소처럼 뒤로 펄쩍 뛰었다. 소녀의 아버지가 큰 소리로 웃었다. 그는 소녀에게 다른 뭔가를 가져오도록 시켰다. 소녀는 물그릇을 갖고 뛰어나갔고, 둥근 판자에 납작한 빵을 담아서 가져왔다. 그리고 한 번 더 쪼그리고 앉아 질린을 빤히 쳐다보았다.

타타르인들이 모두 나가고 문이 다시 잠겼다.

얼마 뒤 붉은 수염 타타르인의 부하가 와서 말했다.

"아이다, 주인, 아이다!"

그 역시 러시아어를 전혀 하지 못했다. 질린이 알아들을 수 있는 건 자신이 어딘가로 가야 한다는 것이었다.

질린은 붉은 수염 타타르인의 부하를 따라갔다. 하지만 족쇄 때문에 발이 질질 끌려서 거의 걸을 수가 없었다. 헛간 밖으로 나오자 열 채 정도의 집이 있는 타타르 마을과 작은 탑이 솟은 타타르인의 교회가 보였다. 그중 어떤 집 앞에 말 세 필이 있었는데, 작은 사내아이들이 말고삐를 쥐고 서 있었다. 그 까만 타타르인이 집에서 나오더니 손짓으로 질린을 불렀다. 그는 웃으면서 타타르어로 뭔가를 말했고, 다시 집 안으로 들어갔다.

질린이 들어갔다. 방은 훌륭했고, 벽은 점토로 반드럽게 발라져 있었다. 마주 보이는 벽 쪽으로 밝은 빛깔의 깃털 요가 쌓여 있고, 벽 양쪽은 벽걸이로 사용되는 화려한 융단으로 덮였는데 그 위에 모든 무늬를 은으로 박아 넣은 장총과 권총, 긴 칼이 걸려 있었다. 한쪽 벽 가까이 흙마루와 거의 높이가 같은 작은 난로가 있었다. 바닥은 탈곡장만큼이나 깨끗했다. 한쪽 구석으로 펠트가 넓게 깔려 있고, 그 위에 양탄자를 펴 놓았으며, 양탄자 위에 솜털로 속을 채운 방석이 놓여 있었다. 그리고 방석 위에 까만 타타르인, 붉은 수염의 타타르인, 그리고 세 명의 손님이 앉아 있었다. 그들은 실내화를 신고 있었고, 각각 등 뒤에 쿠션을 받치고 있었다. 그들 앞에는 둥근 판자에 놓인 납작하고 얇게 구운 빵, 녹인 버터를 담은 그릇, 타타르 맥주인 브자 한 병이 있었다. 그들은 손으로 빵과 버터를 먹었다.

까만 남자가 재빠르게 일어나서 융단이 아닌 맨바닥을 가리키며 질린에게 한옆으로 가라고 지시했다. 그리고 다시 자리에 앉아 빵과 브자를 다른 타타르인들에게 권했다. 하인이 질린을 앉게 하더니 신고 있던 덧신을 벗어 다른 신발들이 놓여 있는 문 옆에 두었다. 그리고 주인 가까이 펠트 위에 앉아 그들을 지켜보며 군침을 삼켰다.

타타르인들은 마음껏 먹었고, 소녀와 똑같은 옷차림 — 긴 웃옷과 바지를 입고 머릿수건을 두른 — 을 한 여자가 와서 남은 것들을 들고 나갔다. 그리고 꽤 큰 대야와 주둥이가 좁은 물병을 가져왔다. 타타르인들은 손을 씻고 깍지를 낀 뒤 무릎을 꿇고 앉았다. 그런 다음 네 방향으로 입김을 내뿜고 기도를 했다. 그들은 잠시 이야기를 나누었고, 손님 중 하나가 질린을 향해 러시아어로 말하기 시작했다.

"너는 카지-모하메드에게 붙잡혔다."

그는 붉은 수염의 타타르인을 가리켰다.

"카지-모하메드는 너를 압둘 무라트에게 넘겼다."

이번에는 까만 타타르인을 가리켰다.

"압둘 무라트가 이제 너의 주인이다."

질린은 침묵했다. 그때 압둘 무라트가 웃으면서 "러시아 병사, 좋은 러시아인." 하고 질린을 가리키며 말했다.

"압둘 무라트는 집에 편지를 써서 네 몸값을 보내게 하라고 명령한다. 돈이 도착하는 대로 널 풀어줄 거야."

통역자가 말했다.

질린이 잠깐 생각하고 나서 물었다.

"몸값으로 얼마를 원하죠?"

타타르인들은 잠시 이야기를 나눴고, 통역자가 말했다.

"3천 루블."

"안 돼요. 그렇게 많은 돈은 지불할 수 없어요."

압둘이 재빠르게 일어났고, 팔을 흔들며 질린에게 말했다. 질린이 알아듣는다고 생각하는 것 같았다. 통역자가 말을 옮겼다.

"얼마나 줄 수 있는데?"

질린은 곰곰이 생각했다.

"5백 루블."

그러자 타타르인들이 모두 함께 속사포처럼 떠들어 대기 시작했다. 압둘이 붉은 수염의 타타르인을 향해 소리치기 시작했고, 너무 빨리 지껄이는 바람에 입에서 침이 마구 튀었다. 붉은 수염의 타타르인은 눈살을 찌푸리고 혀를 차기만 했다.

잠시 후 타타르인들이 잠잠해졌고, 통역자가 말했다.

"5백 루블은 네 주인에게 충분하지 않아. 네 주인은 너 때문에 2백 루블까지 지불했어. 카지-모하메드는 네 주인에게 빚을 졌고, 그 값으로 널 넘겼다. 3천 루블! 그 이하는 안 돼. 편지를 쓰지 않는다면 널 구덩이에 집어넣고 채찍질을 하겠다!"

'그래! 두려워할수록 상황은 더 나빠질 거야.' 질린은 생각했다.

질린이 벌떡 일어서서 말했다.

"저자에게 날 위협하면 절대 편지를 쓰지 않겠다고 전하시오. 그럼 아무것도 얻지 못할 거라고 말이오. 난 한 번도 당신들을 두려워한 적이 없고, 앞으로도 절대 없어!"

통역자가 말을 전했고, 다시 한 번 타타르인들이 한꺼번에 말하기 시작했다.

그들은 오랫동안 떠들어 댔고, 압둘이 일어나 질린에게 와서 말했다.

"즈히짓 러시, 즈히짓 러시!" ('즈히짓'은 타타르어로 '용감하다'는 뜻이다.)

압둘은 큰 소리로 웃더니 통역자에게 뭔가를 이야기했다.

"천 루블이면 네 주인을 만족시킬 것이다."

질린은 고집을 꺾지 않았다.

"5백 루블 이상은 안 줄 거요. 날 죽이면 그것마저도 없을 거야."

타타르인들은 잠깐 이야기를 나눴고, 하인을 밖으로 내보내 뭔가를 가져오도록 했다. 그리고 질린과 출입문을 계속 번갈아 쳐다봤다. 하인이 돌아왔고, 몸집이 크며 누더기를 걸친 사내가 뒤따라 들어왔다. 맨발에 질린처럼 족쇄를 차고 있었다.

질린은 숨이 막힐 정도로 깜짝 놀랐다. 코스틸린이었다. 코스틸린 역시 붙잡혔던 것이다. 그들은 나란히 앉혀졌고, 서로 무슨 일이 있었는지 이야기하기 시작했다. 질린과 코스틸린이 이야기하는 동안 타타르인들은 말없이 그들을 바라보았다. 질린이 자신에게 일어난 일을 이야기하자, 코스틸린은 말을 타고 도망가다 총을 쐈지만 빗나갔고 압둘이라는 사람에 의해 사로잡혔다고 말했다.

압둘이 자리에서 일어나 코스틸린을 가리키며 뭔가를 말했다. 통역자는 질린과 코스틸린 모두 이제 한주인에게 속했으며, 몸값을 먼저 지불하는 사람이 먼저 풀려나게 될 거라고 전달했다.

"너는 화를 내지만, 여기 네 동료는 점잖다."

그가 질린을 향해 말했다.

"네 동료는 집에 편지를 썼고, 그들은 5천 루블을 보내올 것이다. 따라서 네 동료는 잘 먹고 좋은 대접을 받을 거야."

질린이 대답했다.

"내 동료는 원하는 대로 할 수 있다. 동료는 부자일지 몰라도 난 아니야. 내가 말한 대로 해야 한다. 원한다면 날 죽여라. 대신 단 한 푼도 받지 못할 거야. 5백 루블이 아니라면 편지를 쓰지 않겠다."

타타르인들은 침묵했다. 갑자기 압둘이 벌떡 일어나서 작은 상자를 가져오게 했고, 펜과 잉크, 종이를 꺼내 질린에게 주었다. 그리고 어깨를 철썩 때리면서 편지를 써야 한다는 표시를 했다. 5백 루블에 동의한 것이었다.

"잠깐!"

질린이 통역자에게 말했다.

"우리를 제대로 먹이고, 적당한 옷과 신발을 주며, 함께 있도록 해야 한다고 전하시오. 그럼 우리가 좀 더 잘 지낼 수 있을 거요. 그리고 발에서 이 족쇄를 벗겨야 한다고 말하시오."

질린은 자신의 주인을 쳐다보며 웃었다.

주인 또한 웃었고, 통역자의 말을 듣고 나서 말했다.

"난 너희에게 최고의 옷, 즉 딱 맞는 외투와 신발을 줄 것이다. 왕자처럼 먹이고, 원한다면 헛간에서 함께 살아도 좋다. 하지만 족쇄는 벗길 수 없어. 달아날 테니까. 단, 밤에는 풀어 주겠다."

압둘이 자리에서 일어났고, 질린의 어깨를 탁 치며 큰 소리로 말했다.

"너 좋아, 나 좋아!"

질린은 편지를 썼지만, 어디에도 도착하지 않도록 주소를 틀리게 적었다. 그리고 생각했다. '난 도망칠 거야!'

질린과 코스틸린은 헛간으로 보내졌고, 짚과 물병, 빵, 낡은 외투, 해진 군화(러시아 병사의 시체에서 벗겨 낸 게 분명한)를 받았다. 밤이 되자 족쇄가 풀렸고, 질린과 코스틸린은 헛간에 갇혔다.

3

질린과 코스틸린은 꼬박 한달간을 이렇게 살았다. 그들의 주인은 항상 웃으며 이렇게 말했다.

"너희, 러시아 병사, 좋아! 나, 압둘, 좋아!"

하지만 그는 기장가루에 효모를 넣지 않고 반죽한 빵을 납작하게 굽거나, 때로는 굽지 않은 반죽만을 먹을 것으로 주었다.

코스틸린은 집에 두 번째 편지를 보냈고, 침울한 상태로 돈이 도착하기를 기다렸다. 코스틸린은 여러 날 동안 헛간에 쭈그리고 앉아 잠을 자거나, 편지가 도착할 날짜를 세곤 했다.

질린은 자신의 편지가 누구에게도 도착하지 않으리란 걸 알기 때문에 또 편지를 쓰지는 않았다. 질린은 생각했다. '어머니가 어디에서 내 몸값을 구하실 수 있겠어? 더구나 주로 내가 보낸 돈으로 생활을 하셨는데. 5백 루블을 마련해야 한다면 아주 몰락하고 마실 거야. 신의 도움으로 어떻게든 탈출하고 말겠어!'

질린은 계속 감시하면서 달아날 방법을 궁리했다.

질린은 휘파람을 불면서 '아울' 주위를 걷거나, 점토로 인형을 만들고 잔 나뭇가지로 바구니를 짜는 등 앉아서 일을 했다. 질린은 손재주가 좋았다.

한번은 코와 손과 발이 있고, 타타르인의 옷을 입고 있는 인형을 만들어서 지붕 위에 올려놓았다. 타타르 여자들이 물을 길러 나왔을 때, 주인의 딸인 디나가 인형을 보고는 여자들을 불렀다. 여자들은 물동이를 내려놓고 서서 인형을 쳐다보며 웃었다. 질린은 인형을 가져다가 그들 앞에 내밀었다. 여자들은 웃을 뿐, 감히 인형을 받으려고 하지 않았다. 질린은 인형을 내려놓고 헛간으로 들어간 뒤, 무슨 일이 일어나는지 지켜보았다.

디나가 인형을 향해 달려와서 이리저리 살피더니 인형을 쥐고 사라졌다.

아침에 날이 밝자 질린은 밖을 내다보았다. 디나가 집 밖에 나와 인형을 들고 문간에 앉아 있었다. 디나는 인형을 작고 붉은 장신구들로 치장했고, 타타르식 자장가를 부르며 아기라도 되는 듯 흔들고 있었다. 한 노파가 밖으로 나와서 디나를 꾸짖고는 인형을 산산조각 냈다. 그리고 디나에게 일을 시켜 어디론가 보냈다.

하지만 질린은 그것보다 더 좋은 인형을 다시 만들어서 디나에게 주었다. 디나가 작은 주전자를 들고 와서 바닥에 내려놓고는, 자리에 앉아 손가락으로 주전자를 가리키며 질린을 보고 크게 웃었다.

'뭐가 그렇게 즐거운 걸까?' 질린은 궁금했다. 질린은 주전자에 물이 들어 있다고 생각했는데, 알고 보니 우유였다. 질린이 우유를 마시고 나서 말했다.

"맛있는데!"

디나는 매우 기뻐했다.

"좋아, 러시아 병사, 좋아!"

디나가 껑충 일어나서 손뼉을 쳤다. 그리고 주전자를 들고서 달려 나갔다. 그날 이후 디나는 남몰래 매일 우유를 가져다주었다.

타타르인들은 염소젖으로 일종의 치즈를 만들어서 지붕 위에 올려놓고 말렸다. 때때로 디나는 아무도 모르게 치즈를 질린에게 가져다주었다. 압둘이 양을 죽였을 때는 소매에 양고기 한 조각을 숨겨서 왔다. 디나는 내던지듯 양고기를 내려놓고 황급히 사라졌다.

하루는 심한 폭풍이 불고, 억수 같은 비가 한 시간 내내 쏟아졌다. 모든 냇물이 흙탕물이 되었다. 여울목에서는 물이 2미터까지 치솟고, 물살은 돌멩이를 굴릴 만큼 세찼다. 개울물이 도처에 흐르고, 언덕에서는 우르르 무너져 내리는 소리가 그치지 않았다. 폭풍우가 멎자 물이 마을 거리를 따라 시내를 이루었다. 질린은 주인을 찾아가 칼을 빌린 다음, 작은 원통을 만들고 널빤지들을 잘라 바퀴 모양의 기구를 만들어 냈다. 그리고 양쪽으로 인형을 붙들어 맸다. 어린 여자아이들이 천 조각들을 가져다주었고, 질린은 인형 두 개를 각각 남자 농부와 여자 농부처럼 옷을 입힌 뒤 다시 붙들어 맸다. 그런 다음 바퀴 모양의 기구를 개울에 고정시켰다. 바퀴가 돌기 시작했고 인형들은 춤을 추었다.

마을 사람 전체가 모여들었다. 작은 사내아이와 계집아이, 타타르인 남자와 여자들이 모두 와서 혀를 찼다.

"아, 러시아! 아, 러시아 병사!"

주인 압둘은 망가진 러시아 시계를 갖고 있었다. 압둘이 질린을 불러 시계를 보여 주면서 혀를 찼다.

"이리 주세요. 고쳐 드리죠."

질린은 칼로 시계를 분해해서 부품들을 꺼낸 뒤 다시 조립했다. 시계가 제대로 작동했다.

압둘은 매우 기뻐했고, 자신의 낡은 긴 겉옷 하나를 질린에게 선물로 주었다. 구멍이 숭숭 나 있었지만 받아야 했다. 적어도 밤에 이불처럼 사용할 수는 있었다.

그후 질린에 대한 소문이 퍼졌고, 타타르인들이 먼 마을에서 장총이나 권총, 시계 등을 수리해 달라며 가져왔다. 압둘은 질린에게 펜치, 나사송곳, 줄 같은 연장을 주었다.

어느 날 한 타타르인에게 병이 나자, 사람들이 질린을 찾아와 말했다.

"와서 고쳐!"

질린은 치료하는 일에 대해 아무것도 몰랐지만, 그들을 따라 나서며 생각했다. '어쨌든 나을지도 몰라.'

질린은 헛간으로 돌아와 물과 모래를 섞은 다음, 타타르인들이 보는 앞에서 주문처럼 뭔가를 속삭인 뒤 환자에게 마시게 했다. 운 좋게도 타타르인은 나왔다.

질린은 타타르어를 약간 알아듣기 시작했고, 어떤 타타르인들은 그와 가까워졌다. 그들은 질린이 필요할 때 "이반! 이반!" 하고 불렀다. 하지만 다른 사람들은 여전히 야생 동물 보듯 그를 곁눈질로 보았다.

붉은 수염의 타타르인은 질린을 싫어했다. 질린을 볼 때마다 눈살을 찌푸리고 돌아서거나 욕을 했다. '아울'에 살지는 않지만, 늘 언덕 기슭에서 올라오는 노인이 한 명 있었다. 질린은 노인이 '모스크'로 가기 위해 지나갈 때만 볼 수 있었다. 노인은 작았고, 흰 천을 모자에 두르고 있었다. 턱수염과 콧수염은 짧고 눈처럼 하얬으며, 얼굴은 쭈글쭈글하고 붉은 벽돌색이었다. 코는 매부리처럼 휘었고, 회색 눈동자는 잔인해 보였으며, 이는 뻐드렁니 두 개만 남아 있었다. 노인은 머리에 터번을 쓰고 지팡이에 의지한 채, 늑대처럼 주위를 노려보며 지나가고는 했다. 그러다 질린을 보면, 화를 내며 코를 씨근거리고 돌아섰다.

하루는 질린이 노인이 어디에 사는지 보려고 언덕을 내려갔다. 좁은 길을 따라 내려가다 보니 돌담이 둘러져 있는 작은 정원이 나왔다. 돌담 안으로 벚나무와 살구나무, 지붕이 납작한 오두막집이 한 채 있었다. 질린은 가까이 다가갔고, 짚을 엮어서 만든 벌통과 그 주위를 윙윙거리며 날고 있는 벌들을 보았다. 노인이 무릎을 꿇고서 벌통 하나로 뭔가를 하느라 여념이 없었다.

질린이 무엇을 하는지 보려고 몸을 뻗었을 때 족쇄가 덜걱거렸다. 노인이 뒤를 돌아보았고, 고함을 내지르며 재빨리 권총을 꺼내 질린에게 쏘았다. 질린은 간신히 돌담 뒤로 몸을 피했다.

노인이 질린의 주인에게 찾아와 항의했다. 압둘은 질린을 불렀고, 웃으면서 물었다.

"왜 노인의 집에 갔지?"

"아무 피해도 주지 않았어요. 어디에 사는지 보고 싶었을 뿐이에요."

압둘은 질린의 말을 그대로 전했다.

하지만 노인은 격노한 상태였고, 뻐드렁니를 내보이며 씩씩거리고 질린에게 움켜쥔 주먹을 흔들면서 알아듣지 못할 말을 재깔거렸다.

질린은 무슨 말인지 알아들을 수 없었지만, 추측하건대 노인이 압둘에게 러시아인들을 '아울'에 두어서는 안 되며 마땅히 죽여야 한다고 말하고 있었다. 마침내 노인이 돌아갔다.

질린은 압둘에게 노인이 누구인지 물었다.

"위대한 사람이지! 우리들 중에 가장 용감했으니까. 많은 러시아인을 죽였고 한때는 대단한 부자였어. 아내가 셋에 아들이 여덟 명이었는데, 모두 한마을에 살았지. 그런데 러시아인들이 와서 마을을 파괴하고 아들 일곱을 죽였어. 오직 아들 하나만 살아남았는데, 그 아들이 러시아인에게 항복했지. 노인 또한 러시아인에게 가서 항복하고, 석 달을 함께 살았어. 그리고 아들을 찾아내서 자신의 손으로 죽인 다음 탈출했다네. 그후 노인은 더 이상 싸우지 않았고, 신에게 기도하기 위해 '메카'로 갔지. 그래서 터번을 쓰고 있는 거야. '메카'에 갔다 온 사람들을 '하지'라고 부르는데, 모두 터번을 쓰지. 노인은 너희를 좋아하지 않아. 죽여야 한다고 말하지. 하지만 난 그럴 수 없어. 이미 돈을 지불했고, 게다가 너를 좋아하게 됐으니까. 죽이기는커녕, 약속하지만 않았다면 널 보내고 싶지 않을 정도야."

압둘은 큰 소리로 웃었다. 그리고 러시아어로 말했다.

"너, 이반, 좋아. 나, 압둘, 좋아!"

4

질린은 이렇게 한달을 보냈다. 낮에는 '아울' 주위를 어슬렁어슬렁 걷거나 손으로 뭔가를 만들며 바쁘게 보냈지만, 밤이 되어 사방이 고요해지면 헛간 바닥에 구멍을 팠다. 돌 때문에 일이 결코 쉽지는 않았지만, 쇠붙이를 가는 줄로 열심히 땅을 팠고, 마침내 헛간 밖으로 빠져나갈 수 있는 구멍을 벽 밑에 만들었다.

'이곳 지형과 어느 길로 가야 하는지 알 수만 있다면! 하지만

타타르인 누구도 말해 주지 않겠지?'

그래서 질린은 주인이 집에 없는 날을 잡아서, 저녁을 먹은 후 마을 너머에 있는 언덕을 올라 지형을 살피기로 했다. 하지만 주인은 집을 떠나기 전 항상 아들에게 질린을 잘 감시하고 눈을 떼지 말라고 지시했다. 그런 까닭에 주인의 아들이 질린을 쫓아오며 소리쳤다.

"가지 마! 그건 아버지가 허락하지 않으셔. 돌아오지 않으면 사람들을 부를 거야."

질린이 그를 설득하기 위해 말했다.

"멀리 가지 않아. 단지 저 언덕을 오르고 싶을 뿐이야. 아픈 사람들을 치료할 수 있는 약초를 찾고 싶어. 원한다면 따라와도 좋아. 이런 족쇄를 차고 내가 어떻게 도망갈 수 있겠어? 내일 활과 화살을 만들어 줄게."

질린은 주인의 아들을 설득했고, 함께 언덕으로 향했다. 언덕을 바라보니 꼭대기가 멀어 보이지 않았지만, 다리에 족쇄를 차고 걷는 일은 힘들었다. 질린은 걷고 또 걸었다. 그것이 꼭대기에 도착하기 위해 그가 할 수 있는 전부였다. 질린은 꼭대기에 앉아 땅의 모양과 형세를 자세히 살폈다. 남쪽으로 헛간 너머 말들이 풀을 뜯고 있는 계곡이 있고, 계곡 기슭에 또 다른 '아울'이 보였다. 그 너머로 훨씬 더 가파른 언덕이 있고, 그 너머로 또 다른 언덕이 있었다. 언덕들 사이에 푸른 숲이 있고, 더 멀리로 점점 더 높아지는 산들이 있었다. 가장 높은 산은 설탕처럼 새하얀 눈으로 덮였고, 눈으로 덮인 산봉우리 하나가 다른 봉우리들 위로 우뚝 솟아 있었다. 동쪽과 서쪽으로도 그런 언덕들이 있고, 여기저기 협곡에 위치한 '아울'에서 연기가 피어올랐다. '아, 저긴 모두 타타르 땅이야.' 질린이 생각했다. 그리고 러시아 땅을 향해 고개를 돌렸다. 발밑으로 강이 하나 보였고, 자신이 살고 있는 '아울'이 작은 정원에 둘러싸여 있었다. 강가에 앉아 빨래를 하고 있는 여자들이 작은 인형처럼 보였다. '아울' 저편에 남쪽에 있는 것보다 낮은 언덕이 하나 있고, 그 너머로 다른 두 개의 언덕이 수목으로 울창했다. 언덕들 사이에 푸른 평원이 있었고, 평원을 가로질러 아득히 먼 곳에 자욱한 안개 같은 것이 보였다. 질린은 요새에 살 때 태양이 어디에서 뜨고 졌는지 기억해 내려고 애썼다. 그리고 저곳이라는 걸 알았다. 러시아인의 요새는 틀림없이 저 평원에 있었다. 탈출할 때 질린이 가야 할 곳은 바로 저 두 언덕들 사이였다.

태양이 지기 시작했다. 흰 눈으로 덮인 산들이 붉게 물들고, 어두운 언덕들은 더욱 어두워졌다. 협곡에서 안개가 피어올랐고, 질린이 러시아인의 요새가 있다고 추측하는 분지는 저녁노을과 함께 불타는 것처럼 보였다. 질린은 주의 깊게 바라보았다. 굴뚝에서 솟는 연기처럼 뭔가 분지에서 나부끼는 것 같았다. 질린은 러시아인의 요새가 저곳에 있다고 확신했다.

날이 저물었다. '물라(이슬람교도의 율법학자에 대한 존칭 — 역주)'의 고함 소리가 들렸다. 가축들을 집으로 몰고 있었고, 소들이 음매하고 울었으며, 주인의 아들은 계속 "집으로 가!"라고 말했다. 하지만 질린은 가고 싶지 않았다.

그렇지만 결국 두 사람은 집으로 돌아갔다. '이제 길을 알았으니 탈출할 때가 된 거야.' 질린이 생각했다. 질린은 그날 밤 도망칠 생각이었다. 달이 이울었기 때문에 밤은 캄캄했다. 하지만 불행하게도 타타르인들이 그날 저녁 집에 돌아왔다. 대개 그들은 소 떼를 몰면서 기분 좋게 돌아왔다. 그런데 이번에는 소가 한 마리도 없었다. 그들이 가져온 건 살해당한 타타르인(붉은 수염의 형제)의 시체였다. 그들의 표정은 음울했고, 시체를 매장하기 위해 모두 한데 모였다. 질린 역시 밖으로 나왔다.

타타르인들은 시체를 아마포로 싸서 관도 없이 마을 밖으로 옮긴 다음, 플라타너스 밑 잔디 위에 눕혔다. 물라와 노인 세 명이 왔다. 그들은 모자에 천을 감고 신발을 벗은 후 시체 가까이 쭈그리고 앉았다.

물라가 맨 앞에 있고, 그뒤에 일렬로 터번을 쓴 세 노인이, 그리고 그들 뒤로 다른 타타르인들이 앉았다. 모두 눈을 내리깔고 침묵했다. 이런 상태는 물라가 고개를 들어 "알라(신을 뜻하는 말)!"라고 말할 때까지 오랫동안 지속되었다. 물라가 그 말을 한 뒤, 모두 다시 눈을 내리깔고 또 한 번 오랫동안 침묵했다. 그들은 움직이거나 어떤 소리도 내지 않고 쥐 죽은 듯 조용히 앉아 있었다.

다시 물라가 고개를 들고 말했다. "알라!" 다른 타타르인들이 모두 따라서 말했다. "알라! 알라!" 그리고 다시 침묵했다.

시체는 잔디 위에 움직임 없이 누워 있고, 타타르인들은 마치 자신들 또한 죽은 것처럼 미동도 없이 앉아 있었다. 단 한 사람도 움직이지 않았다. 미풍에 살랑거리는 플라타너스 나뭇잎만이 소리를 내고 있었다. 물라가 다시 알라를 외치자 모두 일어났다. 그들은 시체를 들어 올려 구덩이로 옮겼다. 일반적인 구덩이가 아니라, 땅 밑으로 둥근 천장처럼 파낸 구덩이였다. 타타르인들은 시체의 겨드랑이를 잡고 다리를 잡은 후 시체를 구부렸고, 앉은 자세가 되게끔 땅 밑으로 천천히 밀어 넣었다. 손은 앞으로 포갰다.

붉은 수염의 타타르인의 부하가 푸른 골풀을 가져왔고, 타타르인들은 골풀로 구덩이를 메웠다. 그리고 재빨리 흙으로 덮은 다음 땅을 판판하게 골랐고, 무덤 앞에 수직 돌을 세웠다. 그러고 나서 땅을 밟아 다졌으며, 다시 무덤 앞에 일렬로 앉아 오랫동안 침묵했다.

마침내 모두 자리에서 일어났고, "알라! 알라! 알라!"라고 말하며 탄식했다.

붉은 수염의 타타르인이 노인들에게 돈을 건넨 뒤 채찍을 잡고 자신의 이마를 세 번 때렸다. 그리고 집에 돌아갔다.

다음날 아침 질린은 붉은 수염의 타타르인과 다른 세 남자들이 암말을 마을 밖으로 끌고 가는 모습을 보았다. 마을을 벗어나자 붉은 수염의 타타르인이 긴 겉옷을 벗고 소매를 걷어붙여 단단한 팔뚝을 드러냈다. 그리고 단도를 들어 숫돌에 갈았다. 다른 타타르인들이 암말의 머리를 들어 올리자 그가 목을 베서 쓰러뜨렸고, 가죽을 벗겨서 큰 손으로 손질하기 시작했다. 여자들과 계집아이들이 와서 암말의 내장을 씻었다. 고기를 잘라 붉은 수염의 타타르인의 오두막집으로 옮겼고, 마을 사람 전체가 장례식 성찬을 위해 그 집에 모였다.

사흘 동안 타타르인들은 계속해서 암말의 고기를 먹고 브자를 마시며, 죽은 사람을 위해 기도했다. 모든 타타르인이 집에 머물렀다. 나흘째 되는 날 저녁, 질린은 타타르인들이 떠날 채비를 하는 걸 보았다. 준비가 끝나자 열 명 정도의 타타르인(붉은 수염을 포함해서)들이 말을 타고 떠났다. 하지만 질린의 주인인 압둘은 집에 남았다. 달이 차오르고 있었지만, 밤은 여전히 어두컴컴했다.

'그래! 오늘밤 탈출하는 거야.' 질린은 코스틸린에게 말했지만, 코스틸린의 반응은 시큰둥했다.

"어떻게 탈출할 수 있단 말이야? 우린 길조차 모르잖아."

"내가 길을 알아."

질린이 말했다.

"설사 안다고 쳐도, 하룻밤 안에 요새로 갈 수는 없어."

"그럼 숲에서 자면 돼. 여기 치즈도 모아 놨어. 이렇게 하릴없이 앉아서 기다린다고 나아지는 게 뭔데? 집에서 네 몸값을 보내면 좋지만, 그 돈을 어떻게 마련할 수가 있겠어? 지금 타타르인들은 러시아인이 자신들의 동료를 죽였기 때문에 화가 나 있어. 우리를 죽인다고 이야기하고 있단 말이야."

코스틸린이 다시 생각하고 나서 말했다.

"좋아, 가자."

5

질린은 구멍 안으로 기어 들어가 코스틸린이 통과할 수 있도록 넓혔다. 두 사람은 앉아서 '아울'이 모두 고요해질 때까지 기다렸다.

사방이 고요해지자마자 질린이 벽 아래로 기어서 밖으로 빠져나왔고, 코스틸린에게 나오라고 속삭였다. 코스틸린도 기어서 빠져나왔지만, 나오다가 돌이 발에 채어 소리를 내고 말았다. 주인 압둘은 울리아신이라고 불리는 매우 사나운 얼룩무늬 개를 키우고 있었다. 질린은 한동안 그 개에게 조심스럽게 먹을 것을 준 적이 있었다. 울리아신은 소리를 듣고 껑충껑충 뛰면서 짖기 시작했다. 그러자 다른 개들도 똑같이 했다. 질린은 아주 작게 휘파람을 불면서 치즈 한 조각을 주었다. 울리아신은 질린을 알아보고 꼬리를 흔들면서 더 이상 짖지 않았다.

하지만 주인이 개 짖는 소리를 듣고, 집 안에서 개를 향해 외쳤다.

"울리아신, 하이트, 하이트!"

질린은 울리아신의 목덜미를 쓰다듬었고, 개는 얌전히 꼬리를 흔들며 질린의 다리에 몸을 비볐다.

질린과 코스틸린은 잠시 구석 뒤에 숨어서 앉아 있었다. 다시 사방이 고요해졌고, 다만 양 한 마리가 우리 안에서 기침하듯 소리를 내고, 개울물이 돌들 위로 잔잔히 일렁거렸다. 어두웠고, 별들이 머리 위로 높이 떴으며, 언덕 뒤로 낫같이 걸린 초승달이 불그스름하게 보였다. 계곡은 짙은 안개로 우윳빛처럼 하얗게 싸여 있었다.

질린이 일어나서 코스틸린에게 말했다.

"지금이야, 가자!"

그러나 몇 걸음도 채 옮기지 못했을 때 '물라'가 지붕에서 외치는 소리를 들었다. "알라, 베쉬밀라! 일라만!" 그것은 사람들이 '모스크'로 향한다는 것을 의미했다. 질린과 코스틸린은 다시 벽 뒤에 숨어서 사람들이 모두 지나갈 때까지 오랫동안 기다렸다. 드디어 사방이 다시 고요해졌다.

"신이 우리와 함께 하시기를!"

그들은 성호를 긋고 출발했다. 뜰을 하나 지나고 언덕을 내려가서 강을 건넜다. 그리고 계곡을 따라 나아갔다.

안개가 짙었지만 지면 가까이에만 깔렸을 뿐, 머리 위로 별들이 아주 밝게 빛났다. 질린은 별을 길잡이로 삼았다. 안개 속은 서늘했고 걷기가 쉬웠지만, 다 낡고 해진 신발이 불편함을 느끼게 했다. 질린은 신발을 벗어서 내던졌고, 맨발로 돌에서 돌로 껑충 뛰면서 별을 보고 나아갔다. 코스틸린이 뒤처지기 시작했다.

"좀 천천히 걸어. 이놈의 신발 때문에 발에 온통 물집이 생겼단 말이야."

"벗어 버려! 맨발로 걷는 게 더 쉬울 거야."

코스틸린은 맨발로 걸었지만, 상태는 더욱 나빠졌다. 발이 돌들에 베였고 계속 뒤처졌다. 질린이 말했다.

"발은 베여도 다시 낫지만, 타타르인들이 우릴 붙잡으면 죽일지도 몰라!"

코스틸린은 대답 없이 계속 신음하며 걸었다.

길은 계곡을 따라 오래도록 이어졌다. 그러던 중 오른쪽에서 개 짖는 소리가 들려왔다. 질린이 멈춰 서 주위를 둘러본 뒤 손을 더듬어 언덕을 오르기 시작했다.

"이런! 길을 잘못 들었어. 오른쪽으로 너무 멀리 와 버렸어. 여긴 내가 언덕에서 봤던 다른 '아울'이야. 저쪽에 분명 숲이 있을 거야."

하지만 코스틸린이 말했다.

"잠깐만! 숨 좀 돌리게 해 줘. 발이 모두 베여서 피가 나고 있어."

"걱정하지 마! 다시 나을 거니까. 더 가볍게 뛰어야 해. 이렇게!"

질린은 왔던 길을 되돌아 달렸다. 그리고 왼쪽으로 숲이 있는 언덕을 향했다.

코스틸린은 여전히 뒤에 처졌고, 신음하며 괴로워했다. 질린은 "서둘러!"라고 말할 뿐, 걷고 또 걸었다.

그들은 언덕을 올랐고 질린이 말한 대로 숲을 발견했다. 그리고 숲에 들어가 가시나무를 헤치고 가시나무에 옷을 찢기며 앞으로 나아갔다. 마침내 길이 하나 나왔고, 그 길을 따라 걸었다.

"멈춰!"

질린과 코스틸린은 길 위에서 발굽 소리를 들었고, 가만히 서서 귀를 기울였다. 말발굽 소리 같았지만, 이내 들리지 않았다. 질린과 코스틸린은 다시 걷기 시작했고, 또다시 발굽 소리가 들렸다. 걸음을 멈추자 발굽 소리도 따라 멈췄다. 질린은 살금살금 소리가 나는 곳으로 가까이 다가갔고, 길 위로 그렇게 어둡지 않은 곳에 뭔가 서 있는 게 보였다. 말처럼 생겼지만 말은 아니었고, 어딘지 모르게 기묘했으며 사람처럼 보이지는 않았다. 질린은 콧김을 내뿜는 소리를 들었다. '도대체 뭐지?' 질린이 휘파람을 낮게 불자 그 뭔가가 길에서 덤불로 급히 뛰어들었고, 마치 폭풍우가 나뭇가지를 부러뜨리며 숲을 휩쓸 듯이 딱딱 부러지는 소리가 숲을 가득 채웠다.

코스틸린은 잔뜩 겁을 먹고 땅바닥에 엎드렸다. 하지만 질린이 웃으면서 말했다.

"수사슴이야. 녀석이 뿔로 나뭇가지 꺾는 소리 안 들려? 우린 녀석을 무서워했고, 녀석은 우리를 무서워한 거야."

질린과 코스틸린은 계속 걸었다. 하늘에는 이미 큰곰자리가 떠 있었다. 아침이 가까워 오고 있었고, 그들은 길을 제대로 가고 있는지 아닌지 알 수 없었다. 질린은 그 길이 타타르인들에 의해 끌려왔던 길이며 러시아인의 요새에서 아직 11킬로미터 정도 떨어져 있다고 생각했지만, 확실한 근거는 아무것도 없었다. 밤에는 누구나 길을 착각하기 쉬웠다. 잠시 후 그들은 숲에 난 개간지에 이르렀다. 코스틸린이 주저앉으며 말했다.

"이제 네 맘대로 해. 난 더 이상 못 가겠어! 발이 말을 듣지 않아."

질린은 코스틸린을 설득하려고 했다.

"아니, 난 절대 그곳에 못 갈 거야. 갈 수 없어!"

질린은 화가 났고 거칠게 말했다.

"좋아, 그럼. 나 혼자 갈 거야. 잘 있어!"

코스틸린이 벌떡 일어나서 따라왔다. 그들은 5킬로미터를 더 걸었다. 안개가 더욱 자욱하게 숲에 내려앉았다. 일 미터 앞도 볼 수가 없었고, 별빛은 희미해졌다.

갑자기 앞에서 말발굽 소리가 들렸다. 말편자가 돌에 부딪치는 소리였다. 질린은 바닥에 엎드려 귀를 갖다 댔다.

"맞아! 누군가 말을 타고 이쪽으로 오고 있어."

질린과 코스틸린은 황급히 길을 벗어나 덤불 속에 몸을 웅크린 채 기다렸다. 질린이 몰래 길 쪽으로 다가섰고, 말을 탄 타타르인 하나가 소를 몰면서 흥얼거리는 모습을 보았다. 타타르인이 그들을 지나갔다. 질린이 코스틸린에게 돌아와 말했다.

"신이 도우셔서 타타르인이 우리를 지나갔어. 일어나, 가자!"

코스틸린은 일어나려다가 다시 주저앉았다.

"안 돼, 정말 못 일어나겠어! 힘이 하나도 없어."

코스틸린은 살이 찌고 뚱뚱한 편이었는데, 한없이 땀을 흘리고 있었다. 안개 때문에 오한이 들고, 발 전체에 피를 흘리면서 완전히 절뚝거리는 상태가 되어 있었다.

질린이 일으켜 세우려고 하는데 별안간 코스틸린이 비명을 질렀다.

"으악, 너무 아파!"

질린은 가슴이 쿵 내려앉았다.

"소리를 지르면 어떡해? 타타르인이 아직 가까이 있단 말이야. 네 목소리를 들을 거라고!"

질린은 속으로 생각했다. '코스틸린은 완전히 지쳤어. 어떻게 해야 하지? 동료를 버리고 갈 수는 없어.'

"자, 일어나서 내 등에 업혀. 정말 못 걷겠다면 내가 업고 갈게."

질린은 코스틸린이 몸을 일으키도록 도운 다음, 팔을 넓적다리 아래로 끼었다. 그리고 코스틸린을 업은 채 걷기 시작했다.

"제발 부탁인데, 손으로 목을 조르지 마! 내 어깨를 붙잡아."

코스틸린은 무거웠고, 질린 역시 발에서 피를 흘렸으며, 지쳐 있었다. 질린은 이따금 몸을 굽혀 코스틸린이 한쪽으로 쏠리지 않도록 균형을 잡은 다음, 좀 더 높이 업히도록 위로 홱 들어 올렸다. 그리고 다시 걸었다.

그러나 타타르인은 실제로 코스틸린의 비명 소리를 들은 게 틀림없었다. 갑자기 뒤에서 누군가 말을 타고 달려오며 타타르어로 소리치고 있었다. 질린은 재빨리 덤불 속으로 몸을 피했다. 타타르인은 총을 쐈지만 그들을 맞히지 못했고, 타타르어로 고함을 지르며 전속력으로 길에서 벗어났다.

"이제 우린 끝이야!"

질린이 말했다.

"저자가 타타르인들을 데려와서 우릴 추적할 거야. 이곳에서 3~4킬로미터 밖으로 빠져나가지 못하면 잡히고 말아!"

질린은 마음속으로 생각했다. '도대체 내가 왜 이런 짐을 스스로 짊어진 거지? 혼자였다면 벌써 멀리 갔을 텐데.'

"혼자 가."

코스틸린이 말했다.

"나 때문에 너까지 죽을 수는 없잖아?"

"아니, 그럴 순 없어. 동료를 버려두고 갈 수는 없어."

질린은 코스틸린을 어깨에 메고 다시 비틀거리며 걷기 시작했다. 그리고 그렇게 8백여 미터를 나아갔다. 여전히 숲에 있었고, 그 끝은 보이지 않았다. 하지만 안개가 이미 걷히고 있었고, 구름이 모여드는 것처럼 보였으며, 별은 더 이상 보이지 않았다. 질린은 지칠 대로 지친 상태였다. 그들은 길옆으로 돌에 둘러싸여 있는 샘에 이르렀다. 질린이 걸음을 멈추고 코스틸린을 내려놓았다.

"잠깐 쉬고 물 좀 마시자. 치즈도 먹고 말이야. 이제 그렇게 멀지 않을 거야."

질린이 물을 마시려고 엎드리려던 찰나 뒤에서 말발굽 소리가 들려왔다. 질린과 코스틸린은 오른쪽으로 급히 덤불 속에 뛰어들었고, 가파른 비탈 아래 바짝 엎드렸다.

타타르인들의 목소리가 들렸다. 타타르인들은 질린과 코스틸린이 길을 벗어난 바로 그 지점에서 멈췄다. 그리고 짧게 몇 마디를 나눈 뒤, 개를 풀어 냄새를 맡게 하는 것 같았다. 잔가지가 딱딱 부러지는 소리가 나더니 개 한 마리가 덤불 뒤에서 나타났다. 개가 멈춰 서서 짖기 시작했다.

곧 낯선 타타르인들이 기어 내려와 질린과 코스틸린을 붙잡았다. 그들은 질린과 코스틸린을 묶어서 말 위에 태우고 떠났다.

말을 타고 3킬로미터 정도를 달렸을 때, 질린과 코스틸린은 그들의 주인인 압둘과 그를 따라오는 다른 두 타타르인을 만났다. 압둘은 낯선 타타르인들과 이야기를 나눈 뒤 질린과 코스틸린을 자신의 말들에 태우고 '아울'로 돌아갔다.

압둘은 이제 웃지 않았고, 그들에게 한마디 말도 하지 않았다.

질린과 코스틸린은 동틀 무렵에 '아울'에 도착했고, 거리에 앉혀졌다. 아이들이 몰려와 그들을 에워싸더니 돌을 던지고 새된 소리를 지르며 채찍으로 때렸다.

타타르인들이 둥그렇게 모였고, 언덕 기슭에 사는 노인 또한 그 자리에 있었다. 타타르인들은 의논하기 시작했고, 질린은 그들이 자신과 코스틸린을 어떻게 해야 하는가에 관해 이야기하는 소리를 들었다. 어떤 이들은 산속으로 멀리 보내야 한다고 말했지만, 노인은 '반드시 죽여야 한다!'고 말했다.

압둘이 노인의 말에 반발하며 말했다.

"나는 돈을 지불했기 때문에 꼭 몸값을 받아야 합니다."

노인이 말했다.

"저들은 한 푼도 내놓지 않을 걸세. 불운만 초래할 뿐이지. 러시아인을 먹이는 건 죄야. 저들을 죽여서 끝내 버려!"

타타르인들은 흩어졌다. 모두 갔을 때 압둘이 질린에게 와서 말했다.

"너희 몸값이 이 주 안에 도착하지 않으면 매질을 하겠다. 다시 도망치려 하면 개처럼 죽여 버릴 거야! 편지를 써. 똑바로!"

종이가 질린과 코스틸린 앞에 놓여졌고, 그들은 편지를 썼다. 발에 족쇄가 채워졌으며, 질린과 코스틸린은 '모스크' 뒤에 있는 약 3미터 평방의 깊은 구덩이로 끌려가 그 속에 갇혔다.

6

이제 생활은 매우 힘들었다. 족쇄는 절대 벗겨지지 않았고, 구덩이 밖으로 나와 신선한 공기를 마실 수도 없었다. 굽지 않은 빵이 마치 개에게 주듯 그들에게 던져졌고, 물은 양철통에 담겨 내려왔다.

구덩이 안은 축축하고 바람이 통하지 않았으며, 지독한 악취가 났다. 코스틸린은 병세가 완연했다. 몸이 붓고 온몸에 통증을 호소했으며, 낮이건 밤이건 신음했다. 질린 역시 기운을 잃고 상심했으며, 탈출할 방법을 전혀 생각할 수가 없었다.

질린은 굴을 파려고 했지만, 흙을 놓아둘 곳이 아무 데도 없었다. 주인은 그것을 눈치 채고 죽이겠다고 위협했다.

어느 날 질린이 구덩이 바닥에 앉아 자유를 생각하며 낙심에 빠져 있는데, 느닷없이 무릎 위로 납작하고 얇게 구운 빵 한 조각이 떨어졌다. 그리고 또 하나가 떨어지더니 버찌가 와르르 쏟아졌다. 질린이 위를 올려다보았고, 그곳에 디나가 있었다. 디나는 질린을 내려다보며 소리 내어 웃고는 사라졌다. 질린이 생각했다. '어쩌면 디나가 날 도와주지 않을까?'

질린은 구덩이 한쪽을 깨끗이 치우고 진흙을 긁어모아 장난감 인형을 만들기 시작했다. 사람과 말, 개 모양의 인형을 만들었다. '디나가 오면 위로 던져 줘야지.'

하지만 다음날 디나는 오지 않았다. 대신 말발굽 소리가 들리고, 누군가 말을 타고 지나갔으며, 타타르인들이 '모스크' 근처에 모여 회의를 열었다. 타타르인들은 큰소리로 말하며 논쟁을 벌였고, '러시아인'이라는 말이 여러 차례 반복되었다. 노인의 목소리도 들려왔다. 질린은 그들이 하는 말을 정확히 알아들을 수는 없었지만, 짐작하건대 러시아 군대가 근처 어딘가에 있으며, 타타르인들은 그들이 '아울'을 공격할지도 모른다고 두려워하면서 자신들의 포로를 어떻게 해야 할지 걱정하고 있었다.

타타르인들은 이야기를 마치고 헤어졌다. 갑자기 질린의 머리 위에서 바스락거리는 소리가 들렸다. 디나가 무릎보다 낮게 머리를 수그린 채 구덩이 가장자리에 쪼그리고 앉아 있었다. 몸을 한껏 구부린 탓에 머리를 장식한 은 동전들이 구덩이 위에서 달랑달랑 흔들렸다. 디나의 눈이 별처럼 반짝였다. 디나는 소맷자락에서 치즈 두 쪽을 꺼내 질린에게 던졌다. 질린이 치즈를 받고 나서 말했다.

"기다리고 있었어. 너한테 주려고 장난감 인형을 만들었거든. 자, 받아!"

질린은 인형을 하나씩 위로 던졌다.

하지만 디나는 고개를 가로저었고 인형들을 보려고 하지 않았다.

"갖고 싶지 않아요."

디나가 잠시 침묵한 뒤 다시 말했다.

"아저씨를 죽이고 싶어해요!"

디나는 손가락으로 자신의 목을 가리켰다.

"누가 나를 죽이고 싶어하는데?"

"아버지요. 그 할아버지가 그렇게 해야 한다고 말했어요. 하지만 난 아저씨가 불쌍해요!"

"디나야, 내가 불쌍하면 긴 막대기를 하나 가져다줘."

디나는 마치 '안 돼요!'라고 말하는 것처럼 머리를 흔들었다.

질린이 두 손을 움켜쥐고 디나에게 간청했다.

"디나야, 제발! 디나야, 이렇게 부탁할게!"

"안 돼요! 사람들이 볼 거예요. 모두 집에 있단 말이에요."

디나는 사라졌다.

해가 졌고, 질린은 가만히 앉아서 이따금 위를 올려다보며 무슨 일이 생기지 않을까 궁금해했다. 별이 보였지만, 달은 아직 뜨지 않았다. 물라의 목소리가 들렸고 곧이어 사방이 고요해졌다. 질린은 졸기 시작하고 있었다. '디나는 그 일을 하는 게 겁나는 거야!'

별안간 질린은 머리 위로 흙이 떨어지는 걸 느꼈다. 위를 올려다보자, 긴 막대기 하나가 구덩이의 맞은편 벽 쪽으로 쑥 밀리고 있었다. 막대기는 계속 밀리다가 구덩이 안으로 미끄러져 내려왔다. 막대기는 단단했고, 질린이 전에 주인집 지붕 위에서 본 적이 있는 막대기였다.

질린은 위를 올려다보았다. 별들이 하늘 높이 빛나고 있었고, 구덩이 바로 위로 디나의 눈이 마치 고양이의 눈처럼 어둠 속에서 빛났다. 디나가 얼굴을 구덩이 가장자리에 가까이 대고 아주 작은 소리로 질린을 불렀다. 그리고 질린에게 조용히 말하라는 듯 손을 입가에 대고 흔들었다.

"왜 그러니?"

"두 사람만 남고 모두 떠났어요."

질린이 코스틸린을 향해 말했다.

"코스틸린, 일어나. 우리에게 남은 마지막 기회야. 내가 일으켜 줄게."

하지만 코스틸린은 말을 들으려 하지 않았다.

"싫어. 난 여기에서 빠져나갈 수 없어. 고개를 돌릴 힘도 남아 있지 않은데 내가 어떻게 갈 수 있겠어?"

"그럼, 잘 있어! 날 나쁘게 생각하지 마!"

질린과 코스틸린은 작별의 인사를 나눴다. 질린은 디나에게 막대기를 꼭 붙들라고 말한 뒤 막대기를 잡고 기어오르기 시작했다. 족쇄 때문에 발이 한두 번 미끄러졌다. 코스틸린이 도와주었고, 질린은 가까스로 꼭대기에 닿았다. 디나가 조막만한 손으로 질린의 옷을 잡고 힘껏 끌어당기며 웃었다.

질린은 막대기를 구덩이 밖으로 꺼냈다.

"빨리 제자리에 갖다 놔. 없어진 걸 알면 널 때릴 테니까."

디나는 막대기를 끌고 사라지고, 질린은 언덕을 내려갔다. 가파른 경사를 내려갈 때, 질린은 날카로운 돌을 집어 들고 족쇄의 자물쇠를 비틀어 떼려고 했다. 하지만 자물쇠는 튼튼했고, 어떻게든 끊어 내려고 했지만, 돌로 내려치기도 어려웠다. 그때 누군가 언덕 아래로 가볍게 뛰면서 달려오는 소리가 들렸다. '저건 디나가 틀림없어.'

디나가 와서 돌을 집어 들고 말했다.

"제가 해 볼게요."

디나는 무릎을 꿇고 자물쇠를 비틀어 보려고 했지만, 디나의 손은 작은 나뭇가지만큼이나 가늘고 힘이 없었다. 디나가 돌을 내던지고 울기 시작했다. 질린이 다시 한 번 자물쇠를 끊기 위해 애를 썼고, 디나는 옆에 서서 질린의 어깨에 손을 올려놓았다.

질린은 주위를 둘러보았고, 왼편으로 언덕 뒤에서 붉은빛이 보였다. 달이 막 떠오르려 하고 있었다. '아! 달이 뜨기 전에 계곡을 지나 숲에 도착해야 하는데.' 질린은 일어나서 돌을 내던졌다. 족쇄가 있건 없건, 가야만 했다.

"디나야, 잘 있어! 절대 널 잊지 않을 거야!"

디나는 질린을 붙잡고 손을 더듬어 자신이 가져온 치즈를 찾았다. 그리고 질린에게 건네주었다.

"고마워. 내가 없으면 누가 인형을 만들어 주지?"

질린은 디나의 머리를 쓰다듬었다.

디나는 손으로 얼굴을 가린 채 눈물을 쏟았다. 그러고 나서 어린 염소처럼 언덕을 뛰어 올라갔다. 땋아 늘인 머리에 달려 있는 은 동전들이 등에서 짤랑거렸다.

질린은 성호를 긋고, 소리가 나는 것을 막기 위해 족쇄의 자물쇠를 손에 들었다. 그리고 족쇄가 채워진 다리를 끌고 달이 막 떠오르려 하는 곳을 바라보면서 길을 따라 나아갔다. 이제 질린은 길을 알았다. 곧장 간다면 거의 십 킬로미터를 걸어야 했다. '달이 완전히 떠오르기 전에 숲에 도착할 수만 있다면!'

질린은 강을 건넜고, 언덕 뒤로 빛이 점차 하얘지고 있었다. 질린은 계속 그 빛을 쳐다보며 계곡을 따라 걸었다. 달은 아직 보이지 않았다. 빛은 점점 밝아졌고, 계곡 한쪽이 차츰 환해졌으며, 그림자가 언덕 기슭에 드리워지면서 소리 없이 질린에게 다가서고 있었다.

질린은 계속 그늘에 숨어서 걸었다. 걸음을 재촉했지만, 달이 더욱 빠르게 움직였다. 오른쪽으로 언덕 꼭대기들이 이미 환하게 밝아 있었다. 질린이 숲 근처에 이르렀을 때, 흰 달이 언덕 뒤에서 나타났고 낮처럼 환해졌다. 나뭇잎들을 하나하나 볼 수 있을 정도였다. 하지만 마치 아무것도 살아 있지 않은 것처럼 고요했다. 아래로 강물이 ?? 흐르는 것 빼고는 어떤 소리도 들리지 않았다.

질린은 단 한 사람도 마주치지 않고 숲에 도착했다. 그리고 어두운 장소를 택해 자리를 잡고 앉았다.

질린은 쉬면서 치즈 한 조각을 먹었다. 그리고 나서 돌멩이를 찾아 자물쇠에 내리치기 시작했다. 손에 상처가 날 만큼 내리쳤지만, 자물쇠는 부서지지 않았다. 질린은 일어나서 길을 따라 걸었다. 일 킬로미터 반을 더 걸은 후 질린은 완전히 지치고 발에 통증을 느꼈다. 열 걸음을 걸을 때마다 멈춰야 했다.

'다른 방법은 아무것도 없어. 힘이 조금이라도 남아 있는 한 계속 걸어야 해. 주저앉으면 다시는 못 일어날 거야. 그럼 요새

에 갈 수 없어. 하지만 날이 밝으면 종일 숲에 누워 있다가 밤에 다시 걸어야지.'

질린은 밤새도록 걸었다. 말을 탄 타타르인 두 명이 그를 지나갔지만, 말발굽 소리는 아주 멀리서 들려왔고 질린은 나무 뒤에 숨었다.

달빛이 점차 흐려지기 시작했고 이슬이 내렸다. 새벽이 가까워 오고 있었으며, 질린은 숲의 끝에 이르지 못했다. '이제, 서른 걸음만 더 옮긴 후에 나무 사이에 숨어서 누워야지.' 질린이 생각했다.

서른 걸음을 더 옮겼을 때, 질린은 숲의 끝에 와 있다는 걸 알게 되었다. 질린은 숲의 가장자리로 갔다. 날이 완전히 밝았고, 바로 앞에 평원과 요새가 있었다. 왼쪽으로, 비탈 아래 바로 가까이 불이 꺼져 가면서 그 연기가 주위로 퍼지고 있었다. 불 주변에 사람들이 모여 있었다.

질린은 집중해서 보았고, 총들이 반짝이는 게 보였다. 카자흐 병사들이었다!

질린의 얼굴에 기쁨이 넘쳤다. 질린은 남아 있는 힘을 모두 모아 언덕을 내려가기 시작했다. '말을 탄 타타르인이 이렇게 탁 트인 곳에서 나를 보게 되면 절대 안 되는데! 가까이 있지만, 때맞춰 저곳에 닿지 못할지도 몰라.'

그렇게 생각하던 찰나 질린은 왼쪽으로 2~3백 미터 떨어져

있는 작은 언덕에서 타타르인 세 명을 보았다.

타타르인들 역시 질린을 보았고, 곧바로 달려오기 시작했다. 질린의 가슴이 쿵 내려앉았다. 질린은 손을 흔들며 있는 힘을 다해 소리쳤다.

"형제들이여, 형제들이여, 도와주시오!"

카자흐 병사들은 질린의 목소리를 들었고, 말을 탄 병사들이 타타르인들의 길을 가로막기 위해 쏜살같이 달렸다. 카자흐 병사들은 멀고 타타르인들은 가까웠지만, 질린 역시 사력을 다했다. 족쇄를 손으로 들어 올렸고, 자신이 무엇을 하고 있는지도 거의 모른 채 카자흐 병사들을 향해 달리며 성호를 긋고 외쳤다.

"형제들이여! 형제들이여! 형제들이여!"

열다섯 명 정도의 카자흐 기병들이 있었다. 타타르인들은 흠칫 놀랐고, 질린을 쫓다가 멈췄다. 질린은 비틀거리며 카자흐 기병들에게 나아갔다.

기병들이 질린을 에워싸고 묻기 시작했다.

"당신은 누굽니까? 뭘 하는 사람이죠? 어디에서 왔어요?"

하지만 질린은 감정이 북받쳐 올라, 오직 눈물을 흘리며 "형제들이여! 형제들이여!"라고 되풀이하여 말할 뿐이었다.

병사들이 달려와서 질린 주위에 모여들었다. 병사 하나는 빵을, 다른 병사는 메밀가루를, 또 다른 병사는 보드카를 주었다. 병사 하나는 외투로 몸을 감쌌고, 다른 병사는 족쇄를 끊었다.

장교들이 질린을 알아보았고, 말에 태워 요새로 데려갔다. 사병들은 질린이 돌아온 것을 보고 기뻐했으며, 동료들이 모두 그의 주위에 모여들었다.

질린은 동료들에게 자신에게 일어났던 모든 일들을 말해 주었다.

"난 집으로 돌아가서 결혼하려고 했어! 하지만 운명은 그걸 반대한 거야!"

그렇게 질린은 카프카스에 있는 군대에서 계속 복무했다. 한 달이 지난 후 코스틸린은 몸값으로 5천 루블을 지불한 뒤 풀려났다. 돌아왔을 때 그는 거의 죽은 사람과 다름없었다.

1870년

곰 사냥

여기에서 이야기되는 모험은 1858년 톨스토이 자신에게 일어났던 일이다. 이십 년이 더 지난 후 톨스토이는 인도주의에 근거하여 사냥을 그만두었다.

우리는 곰 사냥 원정에 나섰다. 내 동료가 곰을 향해 총을 쐈지만, 부상을 입히는 데 그치고 말았다. 눈 위에 핏자국이 있었지만 곰은 달아나고 없었다.

우리는 당장 곰을 뒤쫓을지 아니면 곰이 다시 정주할 때까지 이삼 일을 기다릴지 결정하기 위해 숲에서 모두 한데 모였다. 우리는 곰을 모는 농민들에게 그날 곰을 따라잡는 일이 가능한지 물었다.

"아니요, 불가능합니다."

나이 든 곰 몰이꾼이 말했다.

"곰을 진정시켜야 해요. 닷새가 지나면 곰을 포위하는 일이 가능하지만, 지금 뒤쫓으면 을러서 내쫓는 것밖에 안 되고 곰은 정주하지 않을 거예요."

하지만 젊은 몰이꾼이 지금 곰을 따라잡는 일은 충분히 가능하다고 말하며 나이 든 몰이꾼과 논쟁하기 시작했다.

"이런 눈 위에서는 멀리 가지 못해요. 비대하니까요. 곰은 저녁이 되기 전에 정주할 겁니다. 그렇지 않다고 해도 저는 설피를 신고 곰을 따라잡을 수 있어요."

내 동료는 곰을 뒤쫓는 걸 반대하며 기다려야 한다고 충고했지만, 나는 이렇게 말했다.

"우리는 논쟁할 필요가 없어. 자넨 자네 좋을 대로 하게. 난 다미안과 곰을 추적하겠네. 곰을 따라잡으면 좋고, 따라잡지 못하더라도 손해 볼 건 없으니까. 아직 시간도 이르고, 오늘 우리가 해야 할 다른 일도 없지 않은가."

그렇게 일이 결정되었다.

다른 사람들은 썰매가 있는 곳으로 돌아가 마을로 내려갔다. 다미안과 나는 빵을 먹은 후 숲에 남았다.

사람들이 모두 떠났을 때 다미안과 나는 총을 점검하고 외투자락을 벨트 안으로 집어넣은 다음, 곰의 발자국을 따라 이동하기 시작했다.

날씨는 맑고 쌀쌀하며 바람은 잔잔했지만, 설피를 신고 걷는 일은 힘들었다. 눈은 깊고 부드러웠다. 숲에서는 눈이 완전히 굳지 않았고, 새 눈이 어제 내린 눈 위에 쌓였기 때문에 우리가 신은 설피는 눈 속으로 15센티미터 이상 빠졌다.

곰의 발자국은 멀리서도 보였고, 우리는 곰이 때때로 배까지 푹푹 빠지는 눈길을 헤치며 갔다는 걸 알 수 있었다. 처음에 큰 나무들 아래를 걷는 동안은 계속 곰의 발자국을 볼 수 있었다. 그러다 작은 전나무 수풀에 이르자 다미안이 걸음을 멈췄다.

"이제 발자국을 따라가선 안 돼요. 곰이 여기 어딘가에 자리를 잡았을 거예요. 눈 자국을 보면 곰이 땅에 엎드렸다는 걸 알 수 있어요. 발자국을 비켜나서 조용히 가야 해요. 소리치거나 기침을 하면 곰이 겁을 먹고 도망갈 테니까요."

우리는 발자국을 벗어나 왼쪽으로 방향을 돌렸다. 하지만 4백여 미터를 갔을 때 바로 눈앞에 곰의 발자국이 다시 나타났다. 우리는 발자국을 따라갔고, 발자국은 도로까지 이어졌다. 우리는 그곳에 멈춰 서서 곰이 어느 길로 갔는지 알기 위해 도로를 살폈다. 눈 위 여기저기에 곰의 발과 발톱 자국이 있고, 여기저기에 농민들의 목피(木皮) 신발 흔적이 남아 있었다. 곰은 분명히 마을 쪽으로 갔다.

도로를 따라가면서 다미안이 말했다.

"이제 도로를 볼 필요가 없어요. 측면의 부드러운 눈 위에 난 자국으로 곰이 오른쪽으로 갔는지 왼쪽으로 갔는지 알게 될 겁니다. 녀석은 틀림없이 어딘가에서 방향을 바꿨을 거예요. 마을로 내려갈 리는 없으니까요."

우리는 도로를 따라 일 킬로미터 반을 걸었고, 앞쪽으로 도로를 벗어난 곰의 발자국을 보았다. 우리는 발자국을 조사했는데, 정말 이상했다! 곰의 발자국이 분명했지만 도로에서 숲으로 나 있지 않고 숲에서 도로로 나 있었다! 발가락이 도로를 향하고 있었던 것이다.

"이건 다른 곰이 틀림없어."

내가 말했다.

다미안이 발자국을 쳐다보며 잠시 생각했다.

"아니요, 똑같은 곰이에요. 녀석이 장난을 쳤어요. 도로를 벗어날 때 뒤로 걸어간 거죠."

우리는 발자국을 따라갔고, 그것이 사실임을 발견했다! 곰은 열 걸음 정도를 뒤로 걸어간 다음, 전나무 뒤에서 방향을 바꿔 곧장 앞으로 향했다. 다미안이 멈춰 서서 말했다.

"이제 확실히 따라잡았어요. 앞에 습지가 있기 때문에 곰이 틀림없이 거기에 정주했을 거예요. 자, 가시죠."

우리는 곰을 뒤쫓기 시작했고 전나무 수풀을 통과했다. 나는 이미 지쳐 있었고, 걷는 일이 훨씬 더 힘들어졌다. 나는 노간주나무 덤불로 미끄러져 나무에 설피가 걸렸고, 작은 전나무가 발 사이에 나타났으며, 경험 부족으로 설피가 벗겨지고 눈에 덮인 나무 그루터기나 통나무에 부딪쳤다. 몹시 피로했고, 땀에 흠뻑 젖은 탓으로 털외투를 벗었다. 하지만 다미안은 내내 그대로였

다. 마치 보트를 탄 것처럼 눈 위를 미끄러지듯 나아갔으며, 설피가 제 스스로 움직이는 것처럼 보였고 한 번도 뭔가에 걸리거나 벗겨지지 않았다. 다미안은 심지어 내 털외투를 받아서 어깨에 걸치고는 계속 나를 재촉했다.

우리는 3킬로미터를 더 걸어서 습지 건너편에 도착했다. 나는 뒤처져 있었다. 설피가 계속 벗겨졌고 발을 헛디뎠다. 갑자기 내 앞에 있던 다미안이 멈춰 서서 팔을 흔들었다. 내가 다가가자 다미안이 몸을 구부리고 손가락으로 가리키면서 속삭였다.

"저 관목 위에서 지저귀는 까치 보이시죠? 까치는 멀리에서도 곰의 냄새를 맡거든요. 저기가 곰이 있는 곳이 틀림없어요."

우리는 방향을 바꿔 5백여 미터를 더 걸었고, 이내 곰의 발자국이 있는 곳에 다시 이르렀다. 이제 곰은 우리가 지나온 길 안쪽에 있었다. 우리는 걸음을 멈췄다. 나는 모자를 벗고 옷을 모두 풀었다. 한증막 속에 있는 것만큼 더웠고, 물에 빠진 생쥐처럼 흠씬 젖어 있었다. 다미안 역시 얼굴이 붉었고, 소맷자락으로 땀을 훔쳤다.

"나리, 할 일을 끝냈으니 이제 쉬어야 해요."

다미안이 말했다.

저녁노을이 이미 숲을 붉게 물들이고 있었다. 우리는 설피를 벗어 그 위에 앉은 다음, 가방에서 빵과 소금을 꺼냈다. 우선 눈을 먹고 그 다음 빵을 먹었다. 빵이 어찌나 맛있던지 태어나서 그런 빵은 처음 먹어 본다고 생각했다. 우리는 그곳에 앉아서 땅거미가 지기 시작할 때까지 쉬었다. 다미안에게 마을까지 거리가 머냐고 물었다.

"네, 13킬로미터는 족히 떨어져 있어요. 오늘밤에 도착하겠지만 지금은 쉬어야 해요. 털외투를 입으세요. 안 그러면 감기 걸리실 겁니다."

다미안은 눈을 평평하게 고른 다음 전나무 가지를 꺾어서 잠자리를 만들었다. 우리는 팔베개를 하고 나란히 옆에 누웠다. 어떻게 잠들었는지는 정말 기억이 나지 않는다. 두 시간 후 뭔가 우지끈 하는 소리를 들으며 눈을 떴다.

아주 달게 곤히 잠들었던 탓으로 나는 내가 어디에 있는지 몰랐다. 주위를 둘러보았고 경탄을 금치 못했다! 나는 빛나는 기둥들과 온통 흰빛으로 반짝거리는 일종의 홀 안에 있었다. 위를 올려다보자 곡선 모양의 아름답고 흰 장식 무늬를 통해 둥근 천장과 검은 까마귀, 점점이 박혀 있는 채색 빛이 보였다. 한참을 응시한 뒤 나는 우리가 숲 속에 있으며, 홀과 기둥처럼 보였던 게 눈과 서리로 뒤덮인 나무들이고, 채색 빛은 나뭇가지 사이에서 반짝이는 별이라는 걸 깨달았다.

서리는 밤사이 내려앉았다. 모든 잔가지들이 서리로 가득했고 다미안도 서리로 뒤덮였으며, 내 털외투에도 서리가 얼어붙고 서리는 나무에서도 떨어졌다. 나는 다미안을 깨웠고, 우리는 설피를 신고 출발했다. 숲은 쥐 죽은 듯 고요했다. 부드러운 눈 위를 헤치고 나아가는 설피 소리와 서리 때문에 우두둑 부러지는 나뭇가지 소리가 이따금 숲에 울리는 것 외에는 어떤 소리도 들리지 않았다. 딱 한 번 살아 움직이는 동물의 소리를 들었다. 뭔가가 우리 가까이에서 바스락거리더니 급하게 달아났다. 나는 곰이라고 확신했지만, 소리가 나는 곳으로 갔을 때 우리는 산토끼 발자국과 껍질이 갉힌 어린 사시나무를 발견했다. 산토끼들이 나무껍질을 갉아먹다가 우리 때문에 화들짝 놀랐던 것이다.

우리는 도로에 이르렀고, 설피를 끌면서 도로를 따라 걸었다. 이제 걷는 게 쉬웠다. 설피가 도로 한쪽에서 다른 쪽으로 미끄러지며 뒤에서 덜거덕덜거덕 소리를 냈다. 발밑으로 눈 밟는 소리가 사각거렸고, 차가운 서리가 얼굴 위로 내려앉았다. 나뭇가지 사이로 보이는 별들이 마치 하늘 전체가 움직이는 것처럼 반짝이다 사라지며 우리를 따라 달리는 것 같았다.

나는 내 동료가 잠들어 있는 걸 발견했지만, 그를 깨워서 우리가 곰을 어떻게 뒤쫓았는지 이야기했다. 농민 대표에게 내일 아침 몰이꾼들을 모아 달라고 말한 다음 저녁을 먹고 잠을 청했다.

너무 피곤했기 때문에 동료가 깨우지 않았다면 나는 한낮이 될 때까지 잠들어 있었을 것이다. 서둘러 일어나 보니, 동료는 이미 옷을 챙겨 입고 총을 손보느라 바빴다.

"다미안은 어디 있지?"

내가 물었다.

"벌써 숲에 갔어. 일찌감치 어제 지나온 길을 살피고 돌아오더니, 몰이꾼들을 감독하기 위해 떠났네."

나는 씻고 옷을 입은 후 총에 탄환을 쟀다. 그런 다음 썰매를 타고 출발했다.

매서운 서리가 계속해서 내렸다. 고요했고, 태양은 볼 수가 없었다. 머리 위로 짙은 안개가 끼었고, 모든 게 여전히 서리로 뒤덮여 있었다.

도로를 따라 썰매를 타고 3킬로미터를 달린 후에야 숲 근처에 도착했다. 약간 낮은 평지에서 연기가 자욱하게 솟는 게 보였고, 이내 남자와 여자들이 섞여 있는 한 무리의 농민들을 발견했다. 모두 몽둥이로 무장하고 있었다.

우리는 썰매에서 내려 그들에게 다가갔다. 남자들이 감자를 구우면서, 여자들과 함께 웃고 이야기를 나누며 앉아 있었다.

다미안 역시 그곳에 있었다. 우리가 도착하자 사람들이 일어났고, 다미안이 어제처럼 사람들을 동그랗게 둘러 세웠다. 농민들은 다시 일렬종대로 늘어섰고, 남자와 여자를 합쳐 모두 서른 명이었다. 눈이 너무 깊어서 농민들의 상반신만을 볼 수 있었다. 농민들이 숲으로 향했고, 내 동료와 나는 그들의 발자국을 따라 걸었다.

농민들이 밟아서 길을 내긴 했지만, 걷는 건 힘들었다. 반면에 넘어지는 일은 없었다. 마치 눈으로 만든 두 개의 벽 사이를 걷는 것 같았다.

그렇게 5백여 킬로미터를 걸었을 때 돌연 다미안이 다른 방향에서 오고 있는 모습이 보였다. 다미안은 설피를 신고 우리 쪽으로 달려오면서 어서 오라고 손짓을 했다. 우리는 다미안이 있는 쪽으로 갔고, 다미안은 우리가 어디에 서 있는지 보여 주었다. 나는 자리를 잡고 주위를 둘러보았다.

내 왼편으로 키 큰 전나무들이 있고, 전나무 줄기 사이로 길 하나가 보였는데 꼭 나무 뒤에서만 보이는 검은 밭뙈기 같았다. 그리고 몰이꾼 한 명도 볼 수 있었다. 내 앞에는 사람 키만한 어린 전나무 수풀이 있고, 나뭇가지들이 아래로 구부러진 채 눈으로 단단히 뭉쳐 있었다. 이 작은 관목 숲 사이로 눈으로 가득 뒤덮인 작은 길 하나가 나 있었는데, 그 길은 내가 서 있는 곳까지 일직선으로 이어졌다. 전나무 수풀은 내 오른편으로 뻗어 나가다가 숲 사이의 작은 빈터에서 끝났다. 다미안은 그곳에 내 동료를 자리 잡게 했다.

나는 총들을 점검했고, 어디에 서 있는 게 나을지 생각했다. 세 걸음 뒤에 키 큰 전나무 한 그루가 있었다.

'저기가 좋겠군. 그럼 총 하나를 저 나무에 세울 수 있으니까.'
나는 키 큰 전나무 쪽으로 움직였다. 한 걸음 옮길 때마다 무릎까지 눈에 빠졌다. 나는 서 있을 자리를 만들기 위해 약 일 미터 평방으로 눈을 밟아 다졌다. 총 하나는 손에 들고, 또 하나는 발사 준비를 마친 채 나무에 기대 세웠다. 그러고 나서 필요할 경우 쉽게 뽑을 수 있도록 단도를 칼집에 다시 꽂았다.

준비를 막 마쳤을 때 다미안이 숲에서 외치는 소리를 들었다.
"나타났다! 곰이 나타났다!"
다미안이 외치자마자 동심원을 이루고 있던 모든 농민들이 다른 목소리로 대답했다.
"나왔다, 나왔다, 나왔다! 오우! 오우! 오우!"
남자들이 소리쳤다.
"아이! 아이! 아이!"
여자들이 새된 소리를 질렀다.

곰은 동심원 안에 있었고, 다미안이 곰을 몰 때 사람들은 모두 계속 소리를 질렀다. 오직 내 동료와 나만이 침묵한 채 움직이지 않고 서서, 곰이 우리 쪽으로 오기를 기다렸다. 앞을 응시하고 귀를 기울이며 서 있는데 심장이 세차게 고동쳤다. 총을 꽉 잡은 내 손이 떨리고 있었다.

'자 자, 곰이 갑자기 나타날 거야. 내가 겨냥해서 쏘면, 쓰러져서……'

그렇게 생각하고 있을 때, 별안간 왼쪽 멀리에서 뭔가가 눈 위를 밟고 있는 소리가 들렸다. 나는 키 큰 전나무들 사이를 주시했고, 오십 보 정도 떨어진 곳에서 전나무 줄기 뒤로 크고 검은 형체를 보았다. 총을 겨냥하고 기다리면서 생각했다. '더 가까이 오지 않을까?'

기다리면서 나는 곰이 귀를 움직이며 방향을 바꿔 돌아가는 모습을 보았다. 그리고 그때 곰의 옆모습 전체가 언뜻 보였다. 녀석은 거대했다. 흥분한 나는 총을 쏘았고, 탄알이 나무로 '탕' 빗나가는 소리를 들었다. 뿌연 연기 사이로, 곰이 날쌔게 움직여서 나무들 속으로 사라지는 모습이 보였다.

'이런, 기회를 놓쳤어. 녀석은 내게 돌아오지 않을 거야. 내 동료가 총을 쏘거나, 아니면 녀석이 몰이꾼들을 뚫고 달아나겠지. 어쨌든 나한테 기회를 또 주지는 않을 거야.'

하지만 나는 총에 다시 탄약을 쟀고, 귀를 기울이며 서 있었다. 농민들이 모두 소리를 지르고 있었다. 오른쪽으로, 내 동료가 서 있는 자리에서 멀지 않은 곳으로부터 격앙된 여자의 외침 소리가 들렸다.

"여기에요! 여기 있어요! 이리 와요, 이리 와! 아! 아! 아이! 아이!"

분명 그녀는 곰을 볼 수 있었다. 나는 곰 기다리는 일을 포기하고서 오른쪽으로 동료를 바라보고 있었다. 느닷없이 다미안이 손에 막대기를 들고 설피를 신지 않은 채 내 동료 쪽으로 달려가는 모습이 보였다. 다미안은 막대기로 마치 뭔가를 겨누듯 가리키면서 동료 옆에 몸을 구부렸다. 내 동료가 총을 들어 같은 방향을 겨누었다. 탕! 총이 발사되었다.

'아, 내 동료가 곰을 죽였구나.' 나는 생각했다.

하지만 동료는 곰을 향해 뛰어가지 않았다. 곰을 빗맞혔거나, 탄알이 충분한 효과를 나타내지 못한 게 분명했다.

'녀석은 달아날 거야. 돌아오더라도 또다시 나를 향해 오지는 않을 테고. 그런데 저건 뭐지?'

무언가 콧김을 내뿜으면서 회오리바람처럼 내 쪽으로 오고 있었고, 바로 가까이에서 눈발이 흩날렸다. 언뜻 정면을 보았을 때, 곰이 전나무 수풀의 작은 길을 따라 두려움에 휩싸인 모습으로 나를 향해 돌진해 오고 있었다. 불과 대여섯 걸음밖에 떨어져 있지 않았고, 나는 녀석의 검은 가슴과 불그스레한 반점이 있는 커다란 머리를 모두 볼 수 있었다. 곰이 눈을 흩뿌리면서 마치 앞에 잘 보이지 않는 것처럼 휘청거리며 곧장 나를 향해 오고 있었다. 나는 곰의 눈을 통해 녀석이 나를 발견하지 못했으며, 두려움에 제정신을 잃고 맹목적으로 달리고 있다는 걸 알 수 있었다. 그리고 녀석이 돌진하는 길은 내가 서 있는 나무와 일직선으로 연결돼 있었다. 나는 총을 들어 쏘았다. 이제 곰은 거의 내 앞에 있었고, 총은 빗나갔다. 내 탄알이 곰을 지나쳤으며, 녀석은 심지어 총소리도 듣지 못한 채 곤두박질치듯 내게 달려왔다. 나는 총을 낮춰서 거의 녀석의 머리에 닿을 때쯤 다

시 쏘았다. 탕! 방아쇠를 당겼지만 곰을 죽이지는 못했다!

곰은 머리를 들고 귀를 뒤로 젖히더니, 이빨을 드러낸 채 달려왔다.

재빨리 다른 총을 잡으려고 했지만, 손이 총에 닿기 바로 직전 곰이 내게 달려들었고, 나를 눈 위에 쓰러뜨리고는 바로 내 위로 지나갔다.

'고맙게도 날 지나쳤어.'

나는 일어서려고 했지만, 뭔가가 나를 짓누르면서 일어나지 못하게 막았다. 곰은 돌진하던 힘 때문에 나를 지나쳤지만, 다시 돌아왔고, 그 육중한 온몸으로 나를 덮쳤다. 무거운 뭔가가 나를 힘껏 내리누르고 있으며, 얼굴 위로 더운 기운이 느껴졌다. 그리고 곰이 내 얼굴 전체를 입 안으로 끌어당기고 있다는 걸 깨달았다. 내 코는 이미 입 안에 있었으며, 나는 그 열기를 느끼고 녀석의 피 냄새를 맡았다. 곰이 앞발로 내 어깨를 누르고 있었기 때문에 내가 할 수 있는 일이라고는 머리를 녀석의 입에서 내 가슴 쪽으로 당기는 것뿐이었다. 곰이 아래턱 이빨의 털 아래로 내 이마를, 그리고 위턱으로 내 눈 밑의 살을 잡고서 이빨을 다물고 있다는 걸 감지했다. 마치 얼굴이 칼에 베이는 것 같았다. 나는 빠져나오려고 발버둥쳤고, 녀석은 뭔가를 물어뜯는 개처럼 서둘러 턱을 다물려고 했다. 가까스로 얼굴을 비틀어 돌렸지만 녀석이 다시 입 안으로 내 얼굴을 끌어당기기 시작했다.

'이제 끝이구나!' 나는 생각했다.

그때 날 짓누르던 무게가 사라지는 걸 느꼈고, 위를 올려다보자 더 이상 곰이 보이지 않았다. 곰이 날 뛰어내려 도망친 것이었다.

내 동료와 다미안은 곰이 날 쓰러뜨린 걸 보고 걱정하기 시작했으며, 구조하기 위해 곧장 달려왔다. 내 동료는 너무 서두르다 그만 길이 아닌 깊은 눈 속으로 뛰어들어 넘어지고 말았다. 동료가 눈 밖으로 나오려고 버둥거리는 동안 곰은 나를 물고 있었다. 하지만 다미안이 총도 없이 손에 막대기만 쥔 채 길을 따라 돌진하며 소리쳤다.

"곰이 주인을 먹고 있다! 곰이 주인을 먹고 있다!"

다미안은 달리면서 곰에게 외쳤다.

"이런 천치 같은 놈! 지금 무슨 짓을 하는 거야? 당장 그만둬! 그만둬!"

곰은 다미안의 명령에 따랐고, 나를 남겨둔 채 도망갔다. 내가 일어났을 때 눈 위에는 양 한 마리를 죽였을 때처럼 피가 흥건했고, 두 눈 위로 살이 너덜너덜 매달려 있었지만 흥분 때문에 고통조차 느끼지 못했다.

내 동료가 이미 다가와 있었고, 다른 사람들이 주위에 모여들었다. 그들은 내 상처를 보고 그 위에 눈을 올려놓았다. 하지만 나는 상처도 잊은 채 이렇게 물었다.

"곰은 어디 있나? 어느 길로 도망쳤지?"

갑자기 누군가 소리쳤다.

"여기 있다! 곰이 여기 있다!"

곰이 우리를 향해 다시 달려오고 있었다. 우리는 총을 붙잡고 있었지만, 누군가 총을 쏠 사이도 없이 곰이 빠르게 우리를 스쳐 지나갔다. 곰은 사납게 변해 있었고 다시 나를 노렸지만, 너무 많은 사람들을 보고는 겁을 집어먹었다. 우리는 곰이 지나간 자국을 통해 녀석이 머리에서 피를 흘린다는 걸 알았고 뒤쫓기를 원했다. 하지만 내가 상처 때문에 몹시 고통스러워하자, 대신 의사를 찾아 마을로 내려갔다.

의사는 명주실로 상처를 꿰맸고, 상처는 곧 아물기 시작했다.

한달 후 우리는 다시 그 곰을 사냥하기 위해 나섰지만, 나는 녀석을 잡을 기회를 얻지 못했다. 곰은 동심원 밖으로 나가려 하지 않았고, 무서운 소리로 으르렁거리며 빙빙 맴돌았다.

다미안이 그 곰을 죽였다. 곰의 아래턱이 으스러졌고, 내 총알이 이빨 하나를 부러뜨렸다.

녀석은 거대했으며 빛나는 검은 털을 갖고 있었다.

나는 곰을 박제로 만들었고, 녀석은 지금 내 방에 있다. 이마에 입은 상처는 다 나았으며 상처 자국은 거의 찾아볼 수 없다.

1872년